家政夫くんと、はてなのレシピ

真鳥カノ　Kano Matori

アルファポリス文庫

https://www.alphapolis.co.jp/

一品目　真っ赤と真っ赤

車輪が回る。自転車が生む軽やかな音と共に、竹志《たけし》の頬を涼やかな風が撫ぜた。

最寄り駅から徒歩十分、大学からは徒歩十五分、自転車なら五分……そんな場所に、その家はあった。ブロック塀の向こうに磨《す》りガラスの引き戸。真っ白な漆喰《しっくい》の壁が二階まで続いている。その上には、青い瓦の屋根。

どこにでもあるような一軒家だ。地元に古くから暮らしている住まいとしてよく見かける。

竹志が小さい頃通っていた、習字教室だった近所の家によく似ていた。インターホンを押すと子供好きのニコニコしたおばあさん先生が、腰の曲がった姿勢で出迎えてくれたものだ。

目の前の家の表札には『野保』と書かれている。竹志は今日から、この家に家政夫として通うことになっていた。

家事代行のアルバイトは初めてではない。だが今回は母のツテで紹介されたアルバイト先だ。竹志自身は会ったことのない人のお宅を初めて訪ねるのだから、どうしても緊張する。竹志はインターホンの前で深呼吸をして、そして意を決してそのボタンを押した。

インターホンの向こうからは、低く、無愛想ともいえる簡素な答えが返ってきた。そんな声が聞こえてからほどなくして、玄関の戸が開いた。

そこに立っていたのは、還暦ほどの年の男性だった。

髪は白く染まり、目や口には深いしわが刻まれている、生きてきた年月を感じさせる容貌だった。だが背筋をピンと伸ばした立ち姿、眉を寄せたまま固まったかのような険しい顔つきは、齢《よわい》六十を超えているとは思えないほど引き締まって見える。

竹志は、男性を見上げたまま呆けてしまった。何故かというと……こんなに大きな人を、初めて見たのだ。

竹志の身長は平均より上と自負していたから、自分より大きな人と接する機会は多くはなかった。十センチほども高い人となると珍しい。それも、この年齢の人では、会うのは初めてだった。

「君は……泉《いずみ》くんだったか？」

険しい面持ちから発せられた声は、その顔と同じくらい険しいものだった。竹志は思わず背筋を正して、教室で発表する時のように大きな声で言った。

「し、失礼しました！　野保《のやす》さん！　泉竹志《いずみたけし》といいます。大学一回生です！　今日から家政夫として働かせていただきます！」

「ああ」

　野保は、聞き返すことはしなかった。そしてじろじろと竹志を見回すこともしなかった。家政〝夫〟と聞くと、一度は怪訝《けげん》な目で見られるものと覚悟していたのだが。

　やはり、話がきちんと通っていたためだろうか。

　この仕事は、母のツテで紹介してもらった。それも、相手方も『男性がいい』と言っていたため、即決で決まったようなもの。初めから納得してくれているとはありがたい。

　これ以上の職場はないかもしれないと思っていた。

　じろじろ見回す代わりに、じっと竹志の顔を見つめていた野保は、小さく頷《うなず》いた。そして、ようやく口を開いた。

「君、帰ってくれないか」

「……はい？」

　想像と真逆の台詞を言われて固まること数秒。

「あ、いや……まぁ、少し入りなさい」

　野保はそう言って手招きして、家の中へ上げてくれた。促されるまま中に入り、リビングへと通された。

野保の身長に合わず、天井は少し低かった。特にドアなどはさらに低くなっている。いや、野保の背が高いだけなのか。

「君、そこには気をつけて。頭を打つぞ」

そう言うと、野保は器用にひょいと頭を下げて通った。

（慣れてる……やっぱり大変なことも多いんだな……）

よく見ると、ドアの上枠《うわわく》など何カ所か傷があった。それと何かを貼り付けたテープの跡も見える。長年暮らしているだけあって、この高身長ならではの苦しみと工夫が窺《うかが》える光景だった。

リビングに入り、勧められるままソファに腰掛けると、野保は台所のほうへと消えてしまった。そわそわ落ち着かず、部屋の中を見回してみる。すると色々なものが散らかっているのが見えた。

顔を見た時に感じた清廉さや整然とした印象とは裏腹に、家の中は雑然としていた。竹志が戸惑っていると、野保が戻ってきて湯飲みを差し出した。

「まぁ、どうぞ」

湯飲みの中では、緑茶が湯気を立てている。だが、お湯を沸かしたにしては戻ってくるのが早い。ペットボトルの緑茶を注いで、電子レンジで温めたらしい。お茶はぬるめだった。

熱々ではない分、自転車を漕いできた竹志にとっては、ありがたい潤いだ。

「いただきます」

竹志がお茶を飲む間に野保は向かいの席に座り、飲み終わるタイミングを見計らって、話し出した。

「さて、改めて……私は野保という。娘の晶《あきら》に頼まれて、ここに来たんだったな？」

「はい、そうです」

竹志は頷《うなず》いた。野保の娘・晶とは一度〝面接〟を受けており、その際にあらかたの事情は聞いていた。

野保は一年ほど前に妻を亡くし、それ以来一人で暮らしている。寝食もままならないといった状態ではないが、妻が亡くなってからの生活レベルが明らかに落ちていると、晶は嘆いていた。

定年退職となった後も、マスター社員として週に何度か出社しているらしい。週の半分以上は家で過ごしているものの、いきなり家事をこなせるはずもない。

そこで晶は、家事代行を頼もうと思い立ったのだと聞いている。

だが野保の顔は、とてもこれから何かを依頼しようという顔には見えなかった。

「せっかくだが、我が家には家政夫は必要ない。もう来てくれなくていい」

「ええ……？」

聞いていた話と随分違う。驚く竹志を前に、今度は野保が湯飲みに口をつけた。

「もともと、家事代行なんて頼むつもりはなかったんだ。それを娘がどうしてもと言って聞かなくてね。それで『男の家事代行ならば』と言ったんだ。男で家政夫が務まるほど家事がうまい者は、そういないだろう」

「そ、そうかもしれませんけど……」

家事代行はやはり女性派遣員が主流と聞く。男性も増えてはいるが、どうしても少数と言わざるを得ない。それを断る理由に使われたということが、なんだか悲しかった。

それに家の中を見てしまうと、どうしても野保のこれからの生活が心配になってしまう。初対面の竹志がそう思うのだから、家族なら尚のこと心配だろう。野保の娘が家政夫を探していた理由も、何となく理解できたのだった。

だが野保は構わず、険しい面持ちのまま尋ねた。

「君、ここに来るまでの時間と交通費は？」

「自転車なので、お金はかかってません。大学からここまで五分でした」

「五分……往復十分。それに準備時間と費用は？」

野保の視線が、竹志の抱えていたバッグに向かった。床に置かせてもらった普段使いのリュックの他にもう一つ持ってきた、リュックよりも大きなトートバッグだ。中には、エプロンや手袋、使い捨てのスリッパ、スポンジなどを詰め込んできた。初めて行く家で何が必要になるかわからないので、家事で必要そうなものをとりあえずピックアップしたのだ。

野保は、それらの準備の時間も尋ねていた。

「こ、これは家にあったものを詰め込んだので今日のための費用はかかっていません。時間も、ほんの十分程度です」

「そうか。ちょっと待っていなさい」

竹志が言った内容をメモすると、野保は立ち上がり、ふらりとどこかへ消えた。

竹志はまた、所在なさげにきょろきょろ見回した。やはり会話する相手がいないと、目に入るものが色々と気になる。

床のあちこちに物が置きっぱなしになっていて、埃《ほこり》も溜まっている。ちらりと見えたシンクには洗いものがいくつもある。庭に面した窓は曇っていて、晴れ晴れとした爽やかな天気が、まったく伝わってこない。

(ああ、勿体ない……日当たりも良い、立派なお家なのに)

むず痒い思いを抑えていると、野保が戻ってきた。片手には封筒が握られている。

「これ。今日の経費と、お詫びだ」

「え？　貰えませんよ、そんなの」

「手間を取らせたんだ。大した金額でもないから受け取ってくれ」

「む、無理です！　何もしてないんですから」

「いいから。帰りに美味《うま》いものでも食ったらいい」

　竹志は受け取ろうとしないが、野保も引き下がらない。力ずくで押しつけられてしまったので再び返そうとしたが、野保は腕を組んで、受け取りを拒否している。

　そんなにも帰ってほしいのだろうか。この家は、家事代行者を必要としているように見えるのに。

「うーん……じゃあ、何か手が足りていない家事を一つだけやらせてもらえませんか？」

「いらんと言っている」

「ここで何もせずに帰ると、僕が怒られます。せめて何かやった実績だけでも残さないと……報告もしないといけませんし」

　それは本当だ。竹志の依頼主は、野保の娘なのだ。きちんと業務報告をするように言われているのだった。

「うーむ、そうか……報告か。厄介だな」

「そうですよね？　だから、ほんの少しだけやらせてもらえませんか？　料理でも洗濯でも掃除でも、何でもいいですから」

　上目遣いに見る竹志の視線から逃れるように、野保は考え込んだ。ただでさえ眉間に寄ったしわがさらに深く刻まれて、唸り声を上げたかと思うと、しぶしぶといった様子で、台所を指さした。

「じゃあ……皿洗いを頼めるか？」

「合点承知です！」

　竹志は叫ぶなり、意気揚々とバッグからエプロンを取り出して、身につけた。

◆

「あ、これはお皿だけじゃなくてシンクも掃除したほうがいいですね」

「む……そうなのか？」

　実際にシンクを目の当たりにすると、そんな言葉がぽろりとこぼれ出た。汚した自覚がなかったのか、野保はたじろいでいる。

「えーと、できれば水切りカゴも……」

「わかった。まとめて頼む」

　気まずそうにそう言う野保に、竹志は思わずニッコリ笑い返してしまった。経緯はどうあれ、任されるのは嬉しい。腕まくりをして、色々と山積みになったシンクに向かう。

最初に水切りカゴに溜まっていた汚れを洗い流した。カピカピにこびりついていた汚れまで洗って、それから皿を洗う。その次は蛇口に向き合った。水垢や手垢で真っ白になっていたのが気になってたまらなかったのだ。

キッチンペーパーを使わせてもらって蛇口に巻きつけ、手持ちの洗剤をかけて置いておく。

「あの……時間が空くので窓拭きもしていいですか？」

「あ、ああ。では頼んだ」

何故か戸惑った様子で、野保は頷《うなず》いた。

竹志は持ってきたバッグをごそごそ探り、窓の前に立った。手持ちのスポンジを使って、まず網戸を拭き、雑巾に洗剤をつけて窓ガラスをおおまかに拭いて、最後に乾拭《からぶ》き。

ついでにサッシに溜まっていたゴミも取る。

それが終わると、シンクに戻り、蛇口を磨く。先ほど巻いたキッチンペーパーを取り去り、汚れが浮き出てきたところをスポンジでこすった。

「ふぅ……！」

使い終わったスポンジをゴミ袋に入れて、完了。

細かい部分までは手が届かなかったが、ひとまず大きく気になっていたところは何とかなった。

うんうん、と満足して成果を眺めていると、その隣に野保が並んだ。驚きを隠せないといった顔だ。

「君……この短時間で、こんなにきれいに……窓まで?」

「はい!　本当はもっときっちりやりたかったんですけど……でもちょっとは良くなったでしょう?」

「というよりも、そんなに汚れていたのか、我が家は……」

「えーと……」

〝はい〟とは言いづらかった。なるほど、散らかす人の心理とはこういうものかと妙に納得して、竹志は言葉を濁したままにした。

「ご希望があれば、もっと他のことも色々できるんですけどね……ははは」

「他にも……そうか」

野保は掃除したばかりの窓や台所をチラチラ見ては唸っていた。心が揺れているのがわかる。その様子に、竹志は少しだけ期待していた。

(もう一押しでいけるかな……?)

元より竹志は家事代行の仕事が好きだった。この野保家のように片付けがいのある部屋を見ると血が騒ぐ。今も、もっと他の場所にも手をつけたくて仕方ない。

竹志がそんな欲を抑えつつニコニコしていると、野保は低い唸り声を上げて、ちらりと竹志のほうに視線を向けた。

「いや、まぁ今日は十分だよ。うん」

「〝今日は〟？　じゃあ、また続きをしに来てもいいんですか？」

「う、うぅん……」

迷っている。おそらく最初にきっぱりと『来なくていい』と言ってしまった手前、掌《てのひら》を返すようなことを言いづらいのだろう。

数秒の間、野保が首を捻って困っている様子を確認して、竹志はニッコリ笑った。

「はい！　わかりました、ありがとうございます！　今後ともよろしくお願いします！」

両手を無理やり握ってぶんぶん振り回しながらそう言うと、野保はしぶしぶといった様子で頷《うなず》いていた。

(よし、また来ていいみたいだし、頑張るぞ)

「次はいつ来ましょう？　というか何曜日がいいとか、色々……」

「君の予定に合わせる。大学が忙しくない日や、特に予定がない日にでも頼む」

「僕の、ですか？」

　まるで竹志の気が向いた時にでもと言われているようだった。竹志は慌てて授業の予定を確認した。

「ええと……じゃあ、次は水曜でどうでしょう？」

「それでいい。これは今日の分だ。世話になったね」

　先ほど渡されたものとは別の封筒を渡された。「経費」と「お詫び」に加えて「お礼」ということだろうか。

「あの、掃除したのは最初にいただいた分で……」

「心付けというやつだ。きれいにしてもらって気分が良くなった。そのお礼だ」

　野保は竹志の手に封筒を握らせると、そのままそっぽを向いてしまった。反論は認めないらしい。

　竹志は深々と頭を下げて、封筒をリュックにしまった。

「ありがとうございます！　それじゃあ、失礼します」

　野保は外まで見送りに出て、気難しい顔のまま礼をした。

　竹志は、最初ほどは、その顔が怖いとは思わなかった。

◆

水曜日。今日は二度目の訪問日だ。

授業が終わればすぐに〝お仕事〟だから、今日はバッグを二個持っていた。片方には掃除道具をギッシリ詰め込んできたため、大学構内で持ち歩くモノとは思えないほどデコボコに膨らんでいる。おかげで色々な人から、『どこに冒険に出かけるんだ』と聞かれてしまった。

周囲からちょっとだけ白い目で見られながらも、竹志は授業を終え、自転車に乗った。

向かうは野保家。春の陽気と心地良い風を一身に受けて、竹志は漕ぎ出した。

そして、インターホンを鳴らしてブロック塀の前で家主を待っていると、また先日と同じく、険しい面持ちをした男性……野保が、ぬっと顔を出す。

「こんにちは。泉です！」

「さっきインターホンで聞いた。入りなさい」

「はい！　お邪魔します！」

野保が出してくれたスリッパを履き、リビングまでついて歩く。散らかっていて雑然としているのは先日と変わらない。だが今日は、どこか晴れやかだった。庭に面した窓から光がそのまま差し込み、リビングを明るく照らしていた。

竹志の前に差し出された湯飲みのお茶がゆらゆら揺れる度きらきらと光を撥ね返している。

「この前は、ありがとう」

おもむろに野保が頭を下げた。何のことかわからずに、竹志は戸惑っていた。

「いや、台所も窓もね、ピカピカになったのを見ていると、なんだか気分が良くてね」

「いいえ。そうするように言われて来たんですから」

「娘に対して、珍しくぐうの音も出なかったよ。掃除してもらうだけで、こうも気分が晴れやかになるものなんだな。それも、あんなにも手際良くできるとは思ってもみなかった。だからその……先日はああ言ってしまったが、できればこれからもお願いしたいんだが……どうだろう」

「はい！　よろしくお願いします！」

竹志は立ち上がってガバッと勢い良く頭を下げた。その勢いに若干押されながらも、野保はお辞儀を返していた。

「まぁ、来てもらう頻度や日程については後ほど決めるとして……とりあえず今日は、また掃除をお願いしたいんだが、いいかな？」

「はい！　そう思って、色々とお掃除グッズ持ってきたんです。ほら！」

竹志がトートバッグの中身を見せると、野保は眉間にしわを寄せて覗き込んでいた。首をかしげている様子から、どうも何が何やらわからないらしい。

「よくわからないが……何を使うかは、任せるよ。ただし、そのために購入したものについては、今度から領収書かレシートを貰ってきてくれ。ちゃんと払うから」

「わかりました！」

竹志は頷《うなず》きながら、エプロンを身につけてトートバッグの中を漁っていた。

野保はその様子を静かに、そしてほんの少し楽しげに眺めていた。

◆

まずは、窓を目いっぱい開けた。

まだほんの少し冷たい風が部屋の中を巡っていく。最初は肌寒さを感じるものの、しばらくすれば空気が馴染んでいく。

頬に風を感じながら、竹志はまずは床に散らかったものを収納していくことにした。散乱しているものは様々だ。本や雑誌、空の段ボール箱、脱ぎ散らかした服、惣菜などのパック等々。

明らかにゴミとわかるものは片っ端からゴミ袋に放り込み、そうじゃないものを端に積み上げ、より分けていく。服は洗濯カゴへ、段ボール箱は解体して縛り、本などは野保本人に仕分けをお願いした。

続いてマスクをつけて、埃《ほこり》を落としていった。エアコンの上やカーテンレールの上……高いところから順に。そうして床に埃《ほこり》が落ちて溜まると、掃除機をかけていく。

部屋の隅から窓際、サイドボードと進み、ソファの周辺に来た。ソファには野保が座ったまま本の仕分けを続けているので、ぶつからないよう避けて通ろうとすると、野保はちらりとこちらを向いた。そして……

「ん」

そう言って、ひょいと足を持ち上げた。大きな身の丈の男性が、ソファの上で体育座りしている様は何とも奇妙というか、不思議な感じだった。

たじろいでいると、野保と目が合った。

「ああ……妻が掃除機をかけている時、いつもこうしていたせいかな……」

野保はやや恥ずかしそうに俯《うつむ》いてしまったが、足を下げる気配はない。掃除機をかけ終わるのを待っているのだとわかって、竹志は慌てて足下に掃除機をかけた。

掃除機の往復が終わり、座り直した野保はそれ以降、何事もなかったように本の仕分けに戻っていた。

（意外な行動だったなぁ）

他の場所まですべてかけ終わっても、先ほどの光景が衝撃的で、ずっと頭に残っていた。だが野保には、特に気にした様子はなかった。

野保から「終わったよ」と声がかかったかと思うと、彼は捨てる雑誌やサイドボードに収める本の指示を言い置いて、リビングを出ていった。書斎にも本を持っていくのだとか。

リビングは以前よりは片付いたものの、その他……廊下やリビング以外の部屋については手つかずだ。きっとリビングと同じかそれ以上の状態に違いない。

（これは……いずれその書斎にもお邪魔することになるかもなぁ）

まだまだ自分の出番はあるかもしれないと思いながら、竹志は雑誌をサイドボードに収めていった。

サイドボードには、他にも雑誌がいくつか入っていた。主に主婦向けの雑誌で、料理のアレンジレシピの特集号が多い。

おそらく、野保の亡くなった妻のものだろう。何度も開いていたのがわかるほど、ボロボロになっているし、書き込みも多い。竹志も見たことがある号がいくつかあり、会ったこともないのに親近感が湧いた。

そっと表紙を撫でて、元の場所に戻そうとした。その時、先ほどは見えなかったものが、視界に入った。

「これは……？」

それは、雑誌よりも小さなサイズのノートだった。表には手書きで、こう書かれている。

『はてなのレシピノート』と。

竹志はちょうど戻ってきた野保に、見つけたノートを渡した。

「野保さん、これ……何ですか？」

野保は僅かに目を細めて、じっと表紙を見つめていた。

「ああ、これは千鶴子《ちづこ》……妻が書いたものだな」

野保は、ノートを竹志に返した。読んでみろ、と言っているようだった。

「読んでも、いいんですか？」

「もちろん」

ノートを受け取ると、竹志はぺこりとお辞儀をしてから、そろりとページをめくった。概ね一ページにつき一メニュー、材料と手順が出来上がりの写真付きで書かれている。それが、ノートの全ページにびっしり。

カレー、お好み焼き、ハンバーグ、筑前煮《ちくぜん》……どれも代表的な家庭料理であり、嫌いな人がいるだろうかと思えるほど、たくさんの人に好かれているメニューだ。そして、どれも家ごとのこだわりがありそうなメニューばかり。

野保家のこだわりは何だろうかと、わくわくしながら竹志はページをめくっていった。

だが、そこに書かれているのは、ほぼ料理の基礎のような手順……いわば、どのレシピ本にも共通して書かれているようなことばかりだった。

それだけならば、基本に忠実に作る人だったのかと思えたのだが……どのページにも一つ、目に留まる箇所があった。材料欄や手順のどこか一つが『?・?・?・』と書かれていて、わからなくなっていた。そして、ページの最後にはこう書いてある。


『さて、このレシピの美味《おい》しい秘密（はてな）は、何でしょうか?・』


「あの野保さん、これってどういう意味なんでしょう?・」

「ああ、それか」

野保は眉根を寄せて、首をかしげている。

「何かを隠しているのはわかるんだが、料理をしないものだから皆目見当がつかん。君、何かわからないか?・」

尋ね返されてしまって困った竹志は、もう一度レシピに目を落とした。

どのページにも基本に忠実な作り方と材料が書かれているのは確かだ。そこに『？・？・？・』の何かを加える……それが『美味《おい》しい秘密（はてな）』ということなのだろう。

「このレシピだと、やはり作れないよな？」

「いえ、基本の料理なら作れると思います」

そう答えた途端、野保の目の色が変わった。急に光が宿ったと言うべきか。

「君、作れるか？　このノートの料理を？」

「き、基本のものなら……でもたぶん何かしらアレンジされてたんですよね？　そのアレンジしたものまではわからなくて……」

「そうか」

野保は口をつぐんでしまった。その表情が、憮然としたものではなくて、しょんぼりしているように竹志には見えた。しょんぼりして、もう一度しげしげとノートのページを眺めている。

そしてそんな表情のまま、もう一度竹志のほうを向いた。

「完全でなくてもいいから、このレシピにある料理を作ってもらうことはできないか？　君さえよければ、だが」

「え？　はい……それならできます」

野保の瞳が、ほんの少し大きく開いた。

「本当か？　君の仕事を増やしてしまうことになるが……いいか？」

「全然！　僕の得意分野なんで！」

竹志が胸をどーんと叩いてみせると、野保は困ったように俯《うつむ》いて、ぽそりと呟《つぶや》いた。

「……ありがとう」

「何を作りましょうか？」

「そうだな……」

野保の声音が、心なしか軽くなっている。どのページもじっくり見てはめくり、時には戻ったりしながら検分した結果、とん、とあるページを指した。

「これにしてくれないか」

「これは……」

書かれていたのは『カレー』だった。市販のルーを使用した、基本的なカレー。

だが竹志は、苦い表情を浮かべた。

「すみません、その……僕、カレーって作るの苦手で……ちゃんとできるか、自信がないです」

「……そうか？　うーん、なら……君が選んでくれ。どれでもいいよ」

「え」

　ついさっき選んだメニューを断ったほうが選ぶとなると、責任が急激に重くなる。恐縮しながら、竹志は慎重にページをめくった。できるだけ、野保が反応しているところを見過ごすまいとしていた。

　だがどのページでも同じように、どこか懐かしそうに頷《うなず》いていた。

（本当に、どれでも楽しみなのかもしれないな）

　そう思って次のページをめくった。そのページは、野保以上に竹志がなんだか目を惹かれた。『肉じゃが』について書かれているページだ。

「これ、ちょっと珍しいですね」

　そこに書かれていた肉じゃがのレシピには、普通はあまり入れない材料が一つ入っていた。

　出来上がりの写真も載っている。ほくほくになったジャガイモとじっくり火の通った肉、透明でしんなりしたタマネギの間に、赤いくし切りになったものが見える。

　それは、トマトだ。

「ああ、トマト肉じゃがだな。確かに、初めて見た時は驚いた」

「トマトと肉じゃがって……意外な組み合わせですね」

「これが意外と合うんだ。〝甘い〟と〝酸っぱい〟が混ざってこう……とにかく合うんだ」

「へぇ……美味《おい》しかったんですね」

「ああ、美味《うま》かったよ。どこから食べてもトマトの味が感じられて。それでいて主張しすぎていないんだ……わかるか？」

まるで今、目の前で食べているかのような顔をしている。口内に広がる味を思い出しているようだった。

「トマト、好きなんですか？」

「そうだな。野菜の中では一番だ」

「なるほど。だから入れてみようと思ったんですね、奥さん……」

竹志の言葉を噛みしめるように野保は頷《うなず》き、トマトの入った写真を撫でた。

「じゃあ、このトマト肉じゃがを作ってもらえるか」

「わかりました。あ……でも、ちょっと待ってくださいね」

頷《うなず》くと同時に、竹志は台所へと走った。

先日少し確認した時の記憶が確かなら、冷蔵庫の中は……

「材料がないですね」

先日と同じ。冷蔵庫の中は飲み物や惣菜、冷凍食品などの電子レンジで温めるだけのもので埋まっていた。野菜などの〝食材〟にあたるものは、ない。

「すまんな。私は料理はまったくしないもんだから……」

「じゃあ、まずは買い物に行ってきます。材料と、他に買い置きしておくものがあれば言ってください。あと、このレシピノート、写真に撮ってもいいですか？」

「それは構わんが……」

言うが早いか、竹志は自分のスマートフォンで『肉じゃが』のページをパシャッと撮り、手早くエプロンをはずした。

野保は申し訳なさそうに頭を下げると、お金を渡した。

「すまんな。頼む。これで支払いしてくれ……余った分は、とっといてくれ」

「そういうわけにはいきませんよ。ちゃんと返しますから。それじゃ、行ってきます」

そう言って、竹志は颯爽と飛び出していった。

◆

近所のスーパーまでは自転車で約十分。大学の近くだからか、学生の姿もちらほら見える。近隣の住宅街の住民と、一人暮らししている学生たちが常連となっているお買い得スーパーに、竹志は自転車を駐めた。

スマホを取り出し、先ほどのレシピの写真を開く。

「……うん、ジャガイモ、タマネギ、牛肉にトマト……」

肉じゃがを作る際に必要そうな材料が書かれていることを確認し、次々カゴに放り込んでいった。

他にも必要なものはある。調味料だ。

確か、野保の妻が亡くなって一年ほどが経つ。その間、おそらく料理らしい料理をしていなかったと思われた。ということは、開封済みの調味料は軒並み一年前の状態ということになる。

「うん、買い直そう」

レシピを見ると、やはり調味料も、いわゆる普通の肉じゃがのものだ。みりんや醤油、砂糖などをカゴにぽいぽい放り込んでいき、息をついた。

ここまでは通常通り。問題は、この後だ。

この『トマト肉じゃが』のページの最後に書かれているメッセージは、こうだ。

『真っ赤と真っ赤のコラボレーション！　美味《おい》しい秘密（はてな）は、何でしょう？』

もう一度、出来上がりの写真をじっと眺めてみた。

「うーん……赤いなぁ」

一般的には醤油と砂糖で濃いめの飴色をしているはずの煮汁が、この写真では驚くほど赤い。

　この理由が、わからないでいた。

「トマトを入れてるって言ってもなぁ……このトマト、形が残ってるし」

　煮汁がこれほど赤くなるまでトマトを煮込むと、溶け込んで形をなくしてしまう。だというのに、具材としてのトマトはきっちり形を成している。他の具材が煮立った後に入れているからだろう。

　だが写真の肉じゃがは、汁までしっかり真っ赤に染まっている。

「うーーん」

　真っ赤な煮汁と具材のトマト……どちらも両立させるには、いったい何が必要なのか。

「赤いって……トマトじゃないのか？」

　ふと香辛料の棚を見ると、チリパウダーの瓶が目に入る。見るからに赤い。だが唐辛子をベースに様々な香辛料をブレンドしたものだけあって、とても辛い。野保は〝辛い〟とは言っていなかった。あくまでトマトの味がするとのことだったはずだ。

　それならと視線を動かすと、パプリカパウダーの瓶が目に入った。これも赤い。それに辛味も少なく、入れると風味が増す。もしやこれで赤みを増していたのだろうか。

　だが、そうとも思えなかった。写真を見る限り、あまり色みや盛り付けに凝っているという様子は感じられなかった。出来上がった味が野保の好みか否か、そちらにこだわっているように感じたのだ。

「確かに風味は増すんだけど、赤くしたいから入れたっていうのは違う気がするなぁ……」

そう思ってレシピを見直すと、ある数字が目に留まった。

それぞれの分量が書かれている部分だ。件《くだん》の『？？？』の部分は、何と『二百グラム』と書かれている。香辛料を二百グラムも入れるはずがない。小さな瓶で十五グラムほど、大入りの容器で二百グラムくらいだ。そんなに入れたら味もさながら、粉っぽくなりすぎてしまうだろう。

「う、うーーーーん……！」

天を仰いで唸り声を上げる竹志を、通り過ぎる人が怪訝《けげん》な目で見ていたが、竹志はそんなこと気にならなかった。ただひたすら、この〝赤〟の謎を解明することのみに集中していた。

「二百グラムも入れて平気で、トマトって感じの味で、汁っぽさがちゃんと残るもの……」

ぶつぶつ呟《つぶや》きながら、調味料や缶詰、だしなどの棚を舐めるように見回した。レシピを見る限り、普通のスーパーに置いてあるもので作っている。ならばこの棚のどこかにあるはずだ。そう思って、棚を端から端まで睨《にら》んでいき……一つ、目に留まった。

まさかと思ったのだが、それを手に取って眺めるうち、思いつきは確信に変わっていった。

「これなんじゃないか……⁉」

竹志は手に取ったそれをカゴに入れて、レジに向かった。

◆

「ただいま戻りました！」

買い物袋を提げて門前に立つ竹志を、再び野保が出迎えた。元気の良い声に、少したじろいでいる。

「お、おかえり」

「わかりましたよ！『？？？』の部分」

「本当に？　わかったのか？」

竹志は大きな袋を担いだままニンマリと笑って、野保を追い越して台所に向かった。

買ってきたものをテーブルの上に取り出して、置いたままにしていたトートバッグから料理用エプロンを引っ張り出す。念のため髪留めも着けて準備完了だ。

「では、これから調理に入ります！」

丹念に手を洗い、キャビネットを開いて包丁とまな板を取り出した。シンクの横にそれらを置き、一旦、手を合わせる。

（すみません、使わせていただきます……！）

そう、持ち主であった野保の妻に胸の内でことわった。そうして包丁を手にすると、ふと気付いた。

「これ……研いであるんですか？」

「ああ、ついさっきな。ずっと使っていなかったからな」

見るとキッチンの端に、シャープナーが置かれたままになっていた。竹志は野保にも頭を下げた。

「ありがとうございます。助かります！」

改めて、竹志は買ってきた食材を手に取った。そして、まな板近くに広げておいたレシピノートを確認する。

「……うん、まずはタマネギとジャガイモ、あとトマト」

丹念に洗って泥を落とし、皮を剥《む》いていった。そしてどれも一口より少し大きいくらいに切っていく。続いて牛細切れ肉を取り出し、三等分くらいに切る。

使ったまな板と包丁を洗ってしまうと、次に深めの鍋を取り出し、油を引いた。

ゆっくりと底面を伝っていく油も、コンロに温められていくうち、なめらかに全体に広がっていく。

その中に、先ほど切った牛肉の細切れ肉を投入する。塊になりそうなところを手早くかき回し、くっつかないように広げていく。バラバラになった頃には色もすっかり変わっている。

そうなると次は野菜だ。切ったジャガイモとタマネギを投入し、またかき回す。最初はシャキシャキしていたタマネギがしんなり柔らかくなり始めたところで、水を投入した。

ほぅ、とため息のような声が聞こえて、野保がじっと調理の様子を眺めていることに気付いた。

「ああ、すまん。その……誰かがそこで料理しているというのが久しぶりでな」

「見ますか？　まだ途中ですけど」

そう言って、竹志はそっと鍋の前を譲った。

まだ透明な水と具材だけの鍋を覗き込み、野保は首をかしげていた。確かに、まだ肉じゃがっぽくはない。

「これからです」

竹志はそう言うと、調味料の蓋を開けた。

料理酒、みりん、醤油、砂糖と次々入れ、最後に顆粒のコンソメを入れた。それぞれが混ざり合い、鍋の中は飴色に染まっていく。

「ほぉ」

感心したような野保に、竹志はもう一つ、投入するものを見せた。

「これを最後に入れて、煮汁の完成です」

竹志が最後に入れようと、手にしたもの……それはトマト缶だった。缶切りを取り出して、器用に蓋に切れ目を入れていく。

「トマトは、こっちのを使うんじゃないのか？」

野保はまな板の上でくし切りにしたトマトを指したが、竹志は首を横に振った。

「そっちのは最後に入れて、具にするんです。一緒に煮汁にするのは、こっち」

そう言って、鍋にトマト缶の中身をドバッと流し込んだ。飴色だった鍋が真っ赤な塊に占領されたといった印象だ。

すると竹志は、木べらでトマトをゆっくり崩していく。既に柔らかかったトマトはあっさりと形をなくし、すぐに熱い煮汁と溶け合った。あっという間に、飴色の鍋が鮮やかな赤に染まっていった。

「こんなふうに煮汁に溶け込むくらい煮込むと、形がなくなっちゃうんです。トマトは柔らかいから。だから、写真にあったみたいにちゃんとトマトの形が残ってるからには、別の方法で煮汁をトマト味にしたんだろうなって思って……よく考えたら、もう一個トマトを入れたり、ケチャップを入れたりしてもできたんじゃないかとは思うんですけどね」

てへへ、と照れくさそうに笑う竹志に、野保は感嘆の息を漏らしていた。真っ赤に染まった鍋と、竹志の顔を何度も何度も見比べていた。

「全体が煮立ったら、あとはさっき切ったトマトを入れて、さっと火を通す……そうすれば、ほら！」

一度閉じた鍋の蓋を、僅かな時間の後、再び開く。すると、吹き上がる湯気の向こうに見えた。

真っ赤な海の中で、ジャガイモとタマネギと牛肉、そしてトマトが、甘くて酸っぱい煮汁を存分に浴びてぐつぐついっている様子が。

◆

深めの皿に赤々とした肉じゃが……その皿が二つ、ダイニングテーブルに並んだ。

「ど、どうぞ……お召し上がりください」

「うん……君もな」

竹志と野保、二人で食べてみようという話になって、今、同時に箸を手にしている。おそるおそる、ジャガイモに箸を入れると、あっさりと二つに割れた。その片割れを、ぱくりと一口。不思議なことに、竹志も野保もまったく同じことをしていた。

そして、その後に出てきた言葉も、同じだった。

「美味《うま》い！」

竹志は続いてタマネギを、牛肉を、そしてトマトを頬張った。

「はぁ～……醤油とみりんの甘みと、トマトの酸味が具材に沁み込んで美味《うま》い！　濃いめの味にもなって、ガツンとくるし、箸が止まらなくなりますね、野保さん……あれ？」

早くも空になりそうな竹志の皿に対して、野保のほうはまだたくさん残っている。というよりも、箸が止まっていた。どれも、一口食べるに留まっていた。

「あの、野保さん……やっぱり奥さんのと比べると違う味でしたか？　それか美味《おい》しくないか……」

「いや」

慌てて捲し立ててしまう竹志を、野保は手で制した。数秒、静かに呼吸をしてから、野保は声を出した。

「違うんだ。すまんな。これが……あまりにも、妻が作った肉じゃがそのものだった

いる。

「本当……ですか？　よ、良かったぁ……」

ほっと息をつく竹志だったが、野保は俯《うつむ》いてしまった。どうしてか、肩が震えている。

から、驚いて……な」

「あの……野保さん？　大丈夫ですか？」

「思い出したんだ、昔のことを」

「……昔のこと？」

野保は俯《うつむ》いたまま、小さく頷《うなず》いた。

「この料理を初めて作った次の日だ。私がいたく気に入ったのを見て、妻は次の日の弁当にもこれを入れてくれたんだ。だが、タッパーの閉め方が少し甘くてな」

「え、もしかして……」

「そう。会社に着く頃には液漏れして、鞄の中が大惨事になってしまってな。大事な書類まで、もう血まみれのようになってね……しかも私が、こんないかつい人相なもんだから、『殺人犯』なんてからかわれてしまったよ……ははははは」

「それはなんていうか……大変でしたね……ははは」

「そうだろう？」

竹志のほうを向いた野保の顔は、笑顔だった。堪《こら》えきれないというように、腹を抱えて、声を上げて笑っていた。

そしてひとしきり笑うと、また肉じゃがを頬張った。ゆっくりと噛みしめながら、目元が僅かに柔らかくなっていた。

(ああ、これがこの人の〝美味《おい》しい〟なのか)

竹志はそう思い、一緒にもう一口食べた。一緒に食べると、もっと美味《おい》しいような気がしていた。

◆

その日の夜。カタ、カタ、カタ、と固くて軽い音……パソコンのキーボードを叩く音が竹志の家のリビングに響いた。決して素早い動きではなく、不慣れで不器用な動きだ。台所に立てば器用に立ち回るというのに、パソコンの前では竹志は狼狽《うろた》えてしまう。

慎重に一文字ずつ打ち込み、『送信』のボタンをクリックして、竹志はようやく一息ついていた。

「はぁ〜報告メール完了」

野保の家に行った日は、作業内容などを詳細に報告するように言われているのだ。

依頼主である野保の娘・晶からの、雇用時の指示の一つだ。

「お疲れ。立派に労働してるねぇ」

そう言って、竹志の傍にコーヒーカップを置いたのは、竹志の母・麻耶《まや》だ。眉間にしわを寄せて作業に打ち込んでいた竹志の姿を、今までじっと見ていたらしい。

「どう？　新しい職場は？」

「えーとね……なんていうか、やりがいのあるお宅だよ。あと、そこのご主人が、すごく背が高いんだ。俺よりも」

「へぇ……まぁ、あの野保さんのお父さんだもんねぇ」

麻耶が言う『野保さん』とは、娘のほうを指している。

麻耶は管理栄養士として病院に勤めており、そこに出入りするシステム会社の担当者が晶だった。竹志より背は低いが、どうも女性の中では高身長らしい。

そんな縁から、二人は業務を超えて仲良くなり、野保の家の家政夫を探しているという話が伝わった。『じゃあうちの息子なんかどう？』と麻耶が提案すると、晶はすぐに頷《うなず》き、その場で面接の日取りまで決めたのだとか。麻耶という人物への信頼は、それほどに高かったらしい。ちなみに竹志には事後承諾だった。

竹志はというと、ちょうど高校時代からアルバイトをしていた店が閉店になって、新たなアルバイト先を求めて片っ端から面接を受けていたような時期だった。なので竹志にとっても渡りに船だったのだ。

だが、各々、不安がないわけではなかった。

「でも心配したよ。あんた、近所のおばちゃん家の手伝いはしても、まったく知らない人のお家での仕事なんてしたことないでしょ。野保さんは野保さんで、『うちのお父さん、失礼なことしないかな』なんて言ってたし」

竹志は苦笑いを返した。気にしてはいないのだが、会って早々に『帰れ』と言われたことは、伏せておこうと心に決めた。

「表面に出にくいだけで、すごく親切だよ」

竹志自身も、それ以上はうまく言えなかった。懸命に言葉を探して、ぽつりと告げる。

「すごく……礼儀正しいと思う。俺が何かする度にお礼を言ってくれるよ。今まで行った家だと、旦那さんは家事なんてまるで他人事で、やってもらって当然って感じの人が多かったのに」

「まぁ、そういう人もいるけどね。あんたが相当珍しいからっていうのも、あるかもよ」

「俺が？　何で？」

「いや、さすがに喫茶店の調理場でバイトしつつ、時間の空いてる時に近所のおばちゃん相手に家事代行で小遣い稼ぎする高校生男子はそういないでしょうよ」

「今は大学生だって」

「大学生でもそうそういない！」

「……そうかなぁ」

竹志にお礼を言う度、『妻がやってくれていたんだが』『妻がいないとわからなくて』と、必ずといっていいほど、妻の存在が出てきた。その声音に、他人任せにして平然としていたような響きはなく、むしろ温かみを感じた。

「きっと、やったのが俺じゃなくても、あの人は感謝してたんじゃないかな……奥さんにも」

「そう、かもね……私も感謝してます、竹志様！」

麻耶はいきなり土下座の真似をした。上半身だけ、テーブルの上でだが。いつもは絶対に見せないポーズに、竹志は大袈裟に眉をひそめた。

「えぇぇ～やめてよ。俺も土下座返ししなきゃいけなくなるじゃん」

「いいじゃん、してよ。土下座返し」

そう言われて、竹志はテーブルの上でひれ伏した。

「母上様、いつもお勤めご苦労様でございます！」

「うむ、苦しゅうない」

そして、二人揃って顔を見合わせて、どちらからともなく噴き出した。

「やだー何か変！」

「自分が始めたくせに」

そうして揃ってひとしきり笑うと、今度は二人同時に、部屋に飾っている写真に向かって笑いかけた。

「父上様にもやろうか」

「嫌がるんじゃないかな」

写真に写っている竹志の父は、朗らかに笑っている。

「そうだ。今日行ったらさ、こんなレシピがあったんだけど……」

「どれどれ？」

竹志が今日発見したレシピのことに話が移ると、土下座のことなどすっかり忘れて二人は夢中で話し出した。

その様子を、写真の中の父が、優しく微笑《ほほえ》みながら、じっと見守っているのだった。

二品目　ふんわりごろごろ

　ガサガサと音を立てて、周囲より頭一つ抜きん出た長身のその学生は歩いていく。講義用のリュックの他にもう一つ、ひときわ大きなバッグを抱えて体ごとゆさゆさ揺らしながら進むその様子は、いつも人目を引く。

　竹志は気にしないようにと努めているが、やはりぎょっとする顔が見えると、少しだけ恥ずかしくもなる。そんな中、バシンと大きな音を立てて背中を叩いてくる人物がいた。

「よぉタケ！　相変わらず働くねぇ」

「雅臣《まさおみ》……」

　竹志は叩かれた背中をさすりながら、じとりと雅臣を見返した。

　彼の名は『山岸雅臣《やまぎしまさおみ》』。同じ大学、同じ学部・学科の同級生だ。もっというなら、高校も中学も小学校も一緒だった。いわば幼なじみ……いや腐れ縁というやつだ。今も一緒に行動することは多い。

　竹志に睨《にら》まれても、雅臣はまるで気にする様子もなく、ニカッと快活に笑っている。

「お前が仕事の日って、一目でわかるよな。そのバッグ、デカすぎだろ。重くねぇの？」

「重くはない。でもかさばるから、まぁ歩きにくいのは確かだよ」

雅臣は「確かにな」と言ってカラカラ笑った。そうして竹志の隣に並び、同じ駐輪場へ向けて歩き出した。竹志と同様、講義を終えて、これからアルバイトに向かうのだ。

「しかしお前、ほんと家事代行好きだよな。高校の時もやってなかったか？」

「あれはバイト先の喫茶店の常連さんに頼まれたから。でもまぁ……他にも何人か紹介してもらったし、けっこうな臨時収入にはなったかな」

「はぁ……すごいよな。俺には絶対できない。色んなバイトは経験したけど、たぶん家事代行だけは無理」

雅臣の言葉に嫌味はなく、手放しで褒めている。それがわかるから、竹志は何も言わずに、ただ苦笑いだけを返していた。

「家事なんて慣れだよ」

「いや、絶対センスがいるね。俺、家の掃除したら母親に怒られたよ。あんたが掃除すると台風の後みたいにかえって散らかるから二度とやるなって……」

竹志が呆れ顔でいると、その様子を雅臣は面白がっていた。

「じゃあ、俺行くわ。バイト頑張れよ！」

そう言って、合流した時と同じように快活に笑って雅臣は走っていった。「お前もな」と言おうとしたのだが、あっという間に姿が見えなくなってしまった。

「俺からしたら、いくつもバイト掛け持ちして、大学の学費を自分で払ってるお前のほうがすごいと思うんだけどなぁ……」

雅臣の家は比較的裕福だが、進路のことで親と仲違いしていた。親の薦める大学ではなく、今通っている大学に行くと言ったところ、学費は払わないと言われてしまったのだ。そのため、雅臣は今、苦学することになっていた。

高校の頃から自分の特技を活かせるからという理由だけでアルバイト先を選んできた竹志にとっては、色々な職を体験している雅臣は羨《うらや》ましいし、尊敬していた。母と並ぶ『働く人間』の象徴なのだ。

本人には、絶対に言わないが。

これからも絶対に言わないでおこうと、雅臣に叩かれた背中をもう一度さすりながら心に決めて、竹志は自転車の鍵を取り出した。

◆

窓を開けると、ひゅう、と風が舞い込んだ。

四畳ほどの部屋にシステムデスク、その上には束になった書類。壁を埋め尽くすように本棚があって、その中にはさらにびっしりと本が並んでいる。

天井や棚や机や床、あらゆる場所に溜まっていた埃《ほこり》を運び去るように、空気が室内を巡っていった。

野保家に家政夫としてくるようになって一ヶ月ほど。だいたい日に二〜三ヶ所の掃除をして、洗濯物をたたみ、作り置きのおかずを作る。それが毎回のルーティーンになりつつあった。

掃除については、いっそやりがいがある。これまでは野保の妻がまめに掃除していたが、亡くなったという一年ほど前からぱたりと止んでしまったようだ。そのせいで、色々なところがごちゃごちゃしていた。

リビングにキッチンに風呂、トイレ、寝室……生活に必須な空間を次々きれいにして、今日、竹志が取り組むのは書斎だった。野保が定年退職前に使っていた仕事部屋だ。本棚には仕事に必要らしき参考書の類がたくさん詰まっている。

(俺もいつか、こんなふうに仕事するのかなぁ)

竹志はぼんやりと、そう考えながら本を取り出していった。まずは空になった段を水拭き、それから乾拭《からぶ》きをして、また本を戻す。それを繰り返していた。

竹志の母・麻耶もよく参考書やパソコンで調べ事をしながら、持ち帰った仕事をこなしている。ここで仕事をしているのであろう野保の姿を想像して、夜な夜な見る母の姿と重ねていた。

次の棚へ移って、ひときわ大きな本を取り出した。すると、何かが引っ張られて一緒に飛び出した。

「これって……?」

それは本ではなかった。本よりも二周りほど小さな、写真立てだ。

写っているのは三人。ふんわりと優しく微笑《ほほえ》む小柄な女性と、大柄できりりとした表情の若い女性、そして厳しい面持ちでぴんと背筋を伸ばして立つ野保だ。

若い女性は、艶やかな振り袖に袴を着けていた。どうも大学の卒業式らしい。一度、面接という名の説明で会ったことのある女性だ。

「これって、野保さんの娘さんだよな? ということは、この小柄な人があのレシピの奥さん?」

とても、優しそうな人だった。あのノートの文字やレシピの内容から思い浮かんだ印象そのままだった。

そう思うと、自然と笑みがこぼれていた。持っていた布で写真立てを拭き、そっと元の場所に戻す。

その時、玄関で戸が開く音がした。

野保は家にいる。来客や宅急便などはインターホンを鳴らすはずだ。いきなり戸を開けて入ってくる人物とは誰だろう。訝《いぶか》しく思いながら玄関に向かうと、すぐにその理由がわかった。

そこに立っていたのは、二十代前半で背の高い、女性だった。

その女性には、竹志も以前に会ったことがある。先ほどの写真にも写っていた野保の娘・晶だ。

「お、お久しぶりです。野保さん」

「久しぶり、泉くん。お父さんは？」

「リビングにいますよ」

「そう」

つんとしながらそう言うと、晶は靴を脱いで、階段を上った。

「え、あの……野保さん、リビングですけど？」

「別に会う必要なんてないでしょ」

それだけ言うと、さっさと二階に上がってしまった。確か、晶の自室があるのだった。

「な、何しに来たんだろ……？」

その時、リビングからひょこっと野保が顔を見せた。

「何だ、晶か？」

「そうです。でも上に行っちゃって……」

「あいつはいつもそうだ。気にするな」

そう言って、野保もまた、リビングに戻っていった。

廊下には、竹志がぽつんと立つのみとなった。

「何なんだろうな、この親子……？」

首をかしげて、二人が消えた先を交互に見やると、野保が再びひょこっと顔を出した。

「そうだ。今日の夕飯なんだが……」

「は、はい！」

竹志が近寄っていくと、野保の手元が見えた。その手に持っているものは……

「これから何か作ってくれないか。あいつの分も」

そう言って、あのレシピノートを手渡した。妻の手書きの、あのレシピだ。

「はい！　わかりました」

二階へ上がると、すぐに晶の部屋があった。彼女の印象よりも少し幼い感じがするドアプレートがかかっている。子供の頃にかけたものがそのままになっているのだろうか。

（こんな可愛いものもかけるんだ……）

少し意外に思いながらも、竹志はそのドアをノックした。

「あの、すみません。泉です」

そう声をかけると、ドアはすぐに開いた。中から出てきた晶は怪訝《けげん》な顔をしていたが。

「何？」

「あのぅ……夕飯なんですけど」

「私のことは気にしないで。お父さんの分だけ、よろしく」

さらりと言って、さっさとドアを閉めようとするので、竹志は必死に追いすがった。

「いやいやいや、野保さんが、野保さん……ええと……？」

一瞬、どちらがどちらの〝野保さん〟を指すのかわからなくなってしまった。晶は、しぶしぶといった様子で呟《つぶや》いた。

「……『晶』でいいわよ」

「あ、晶さん……の、食べたいものを聞いてこいって、野保さんが言ってたので」

野保の名前が出た途端、晶の眉がぴくんと跳ね上がった。地雷だったようだ。

「お父さんが？　私の食べたいものを？　何で？」

「さ、さぁ……久しぶりに会ったからじゃないですか？」

まだ眉間にしわを寄せて訝る晶に、竹志は抱えていたノートを見せた。それを見た途端、今度は驚いて目を瞬《またた》かせたのだった。

「これ……」

「はい。野保さんの奥さん……ぇぇと……晶さんのお母さんの、レシピです」

「こんなの、どこに？」

「リビングのサイドボードに入ってました」

ふぅん、と言いながら、晶はパラパラとノートをめくった。それまで警戒心の塊だった目つきが、急に和らいでいくのが見えた。

「このレシピ、どれも美味《おい》しそうですよね。肉じゃがなんか、本当に美味《おい》しかったし」

「え、作ったの？　トマトの肉じゃが？」

「はい。野保さんも、この味だって言ってくださいましたよ」

竹志が頷《うなず》くと、晶は信じられないというように、再び眉根を寄せた。

「だって肝心なところが隠れてるじゃない、このノート。どうやったの？」

「そこは、まぁ……経験と勘で」

「ふ、ふぅぅん……」

竹志はマズいと思った。いくら特技を活かして家政夫として来ているとはいえ、年上の人に対して『経験と勘』なんて、生意気すぎたかと思ったのだ。

だが竹志の予想に反して、晶に気分を害した様子はなかった。むしろ感心しているような、良い意味で何か物言いたげな、何かしらの期待が籠もったような、そんな視線を向けられた。

「じゃあ……これ、作れる?」

少し迷った末に、晶はページを指定した。そこに書かれていたメニューは……

「お好み焼き、ですか」

ノートを受け取り、レシピをじっくりと見た。

「お好み焼き粉を使うんですね。それに山芋……一般的なお好み焼きみたいですね」

「一般的なの、それ?」

「はい。お好み焼き粉にはベーキングパウダーは入ってますけど、もっとふんわりさせるために山芋をすりおろして混ぜるのとか、よくある方法ですよ」

ただし、レシピに書いてある内容だけなら、と心の中で付け加えた。

「ふぅん…… 〝ふんわり〟して、〝ごろごろ〟してたけど、あれって珍しくないんだ」

「……え?」

耳慣れない言葉に、竹志は思わず聞き返していた。

〝ごろごろ〟は、お好み焼きにはあまり使われない言葉のように思えた。

そしてそれはまさしく、このレシピの最後に書かれた、謎のキーワードだったのだ。

『上はふんわり、下はごろごろ。このレシピの美味《おい》しい秘密（はてな）は何でしょうか？』

『ただし、上下は入れ替わっても可』と追記されている。だが上だろうが下だろうが関係ない。お好み焼きと結びつかない〝ごろごろ〟について考えを巡らせる間にも、晶は感心したように、そして感動したような瞳を竹志に向ける。

「お店なんかで食べる時も、普通に頼むとごろごろしてないから、お母さんのが特別なんだと思ってたわ。そうか、一般的なのね」

「あ、いや、その……」

晶の顔が、どんどん綻《ほころ》んでいく。期待値が加速度的に上がっているのがわかる。

竹志は引っ込みがつかなくなっていく……いや、もう既にのっぴきならない状況であると悟った。

「えーと……買い物、行ってきます」

「買い物？　私が行くわよ。何買えばいいの？」

「いいえ、僕が行きますよ。考えながら買いたいし……」

「いいわよ、それくらい。私のリクエストなんだから、調達くらい自分でやる」

本当は、先日のようにスーパーをぐるぐる回りながら解答を得ようと思っていたのだが、晶の押しが強すぎて、固辞できなかった。

竹志は仕方なく、ノートに書かれている材料をメモに書き出して、晶に渡した。晶は妙にうきうきした様子で鞄を肩に掛けている。

「じゃ、行ってきます」

「い、行ってらっしゃい……」

晶は軽やかな足取りで階段を下りて、あっという間に玄関から出ていってしまった。あれほど険しい面持ちでいたというのに、『お好み焼き』の話になると急に柔和になった。

「本当、わかりやすいような、わかりづらいような……」

とりあえず、今のうちに野保に詳細を聞いておいたほうがいいだろう。竹志はノートを持って、リビングへ向かった。

◆

野保までもが心なしか顔を綻《ほころ》ばせていた。

「ほぉ、お好み焼きか」

リビングにいた野保に事の顚末を話すと、野保までもが心なしか顔を綻《ほころ》ばせていた。

「確かに、あれは美味《うま》かった」

「そ、そうなんですね……」

また、ハードルが上がってしまった。

安請け合いしてしまった自分を呪った。

「だが、晶は持って帰ると言い出すかもしれない。悪いが、その準備もしてやってくれないか」

「それはいいですけど……どうして？　ここで食べていけばいいじゃないですか」

「いや、十中八九帰ると言い出す。私と同じ食卓に着きたくはないだろうからな」

竹志は、驚いて言葉をのんだ。野保がそんなことを言いながらも、悲しそうではないからだ。疑問に思っているのがばれたのか、野保は決まり悪そうに視線を逸らした。

「昔からだ。気にしないでくれ」

「学生の頃から……ですか？」

「もっと前だ。あいつが子供の頃からずっと、どうも折り合いが悪くてな。大学に入ったらさっさと家を出ていってしまったよ。妻がいた頃は、ほどほどの距離感を保てていたんだが……」

呟《つぶや》くような言葉を聞いて、竹志は書斎で見つけた写真を思い出した。若干ぎこちないながらも家族として並んでいた写真だ。あの写真は、野保の妻が繋いだ関係だったのか。

「ああ、すまんな。暗い話を聞かせてしまって。それより、お好み焼きは作れそうか？」

「え、ああ……」

竹志はもう一度、ノートに書かれたレシピを見返した。

「このレシピには、普通の作り方しか書かれてないんですが、どんな感じだったか覚えてますか？」

「そうだなぁ……柔らかくて、ごろごろしてたな」

「〝ごろごろ〟……」

ここでも立ち塞がってきた〝ごろごろ〟に、竹志はまた頭を締め付けられる思いだった。

改めて出来上がりの写真を見てみた。

「どう見ても普通の豚玉なんだよなぁ」

今回も、レシピには一般的な作り方が書かれていた。この通りに材料を揃えて作れば、基本的には美味《おい》しいものが作れる。だが、それだけではないのだ。

またしても、材料の中に『？・？・？』がある。今回も百五十～二百グラムという、調味料ではあり得ない数字が書かれていた。

お好み焼きの生地にお好み焼き粉や水以外に百五十グラムも入れるとなると多いといえる。いったい何をそんなにも投入するのか。

「他に何か覚えてませんか。〝ふんわり〟と〝ごろごろ〟以外の食感とか、味とか」

「う、うーん……そうだなぁ」

頭を抱えている様子の竹志を見かねたのか、野保は同じように眉間にしわを寄せて記憶を探っていた。

同時に、竹志も舐めるようにレシピの中身を眺めていた。そして、野保よりも先に、気付いた。

「あれ……ない？」

材料の一覧をもう一度上から順になぞってみた。

お好み焼き粉、卵、水、キャベツ、山芋、豚バラ肉（海老も可）、そして『？・？・？』。竹志のよく知るレシピにあるものが、ここには書かれていなかった。

「何がないんだ？」

「揚げ玉です」

野保は眉をひそめていた。揚げ玉と聞いてもピンとこないらしい。

「天ぷらなんかを揚げた後に残ってる、衣だけが揚がったもの……揚げかすですよ。そばとかうどんのトッピングにも使われますよ」

「はぁ……そんなものがあるとは知らなかった。お好み焼きにも使うのか？」

「だいたい入っていると思います。表面がパリッとなったり、味にコクが出るので」

「それで？　入ってないと、何か可笑《おか》しいのか？」

「可笑《おか》しくは……ないんですけど……」

竹志はまた頭を抱えてしまった。

揚げ玉を入れないお好み焼きというのもある。表面がこんがりサクッと仕上がるので、竹志なら必ず入れるが、このレシピではそうではないということだろうか。

だがそれだと、少し引っかかることがある。

晶も野保も言っていた〝ごろごろ〟の正体だ。〝ごろごろ〟が、揚げ玉の粒が舌に当たる感触のことではないかと、ぼんやり思っていたのだ。

「うーん、揚げ玉が『？？？』の部分なのかな？」

そう考えたが、これもまた、肉じゃがの時と同じく、多すぎる。そんなに入っていたら、おそらく〝ごろごろ〟というより〝サクサク〟と言いそうだ。

「ちょっといいか？」

うんうん唸る竹志に、野保が手をひらひらさせて、尋ねた。

「その揚げ玉を入れると、天ぷらみたいな食感になるのか？」

「そうですね。サクサクします」

「サクサク、か……」

野保が天井を見上げて、悩ましげに目を瞬《またた》かせた。

「サクサク、という感じではなかったなぁ」

「あの……まだ間に合うかもしれないし、晶さんに聞いてみてはどうでしょうか？　何か参考意見が出るかも……」

そう言うと、野保が目を瞠《みは》った。驚いたというより、おののいているように見える。

「あいつに？　いや無理だろう。晶の料理の腕は私以下だぞ」

「そ、そんな……」

「嘘じゃない。ケーキを作ろうとして、柔らかくしたいからとゼリーを生地に仕込む奴だぞ。料理の面では信用できない」

当時の様子を思い出したのか、野保は身震いしている。そして、はたと何かに気付いたらしく、スマホを取り出した。

どこかにかけたかと思うと、すぐに電話口から声が聞こえてきた。

「何？」

「晶、お前……今どこだ？」

「近所のスーパーよ。いったい何？」

電話の向こうの声は、不機嫌を隠そうともしない。おそらく今日初めての会話だろうに、二人とも和む気配がまったく見られない。

それどころか野保は、明らかに焦っていた。

「いいか、余計なものは買うな。料理に関しては、お前の見解はほぼ役に立たない。泉くんに任せるんだぞ。彼の指示に絶対に従え、絶対にだ」

低いため息の声が聞こえてきた。電話の向こうで、思い切り顔をしかめている様子が思い浮かぶ。

「いきなり電話してきたかと思ったら何？　馬鹿にしてるの？　出し抜けに貶《けな》される意味がわからないんですけど」

「いいから、指示されたもの以外は買うんじゃない。わかったな？」

「……本当、意味わかんない」

短く鋭く告げると、晶は電話を切ってしまった。ツーツーという機械音が虚しく響いている。

野保は、そうなってようやく「しまった」という顔をした。勢いに任せて話しすぎたと、後悔しているようだ。項垂《うなだ》れる野保を、竹志はそっと椅子まで誘導して座らせた。

「いつも、やってしまうんだ……頭ごなしに言って、怒らせてしまう」

竹志は曖昧な笑みを返すしかできなかった。正直なところ、今の言い方だと自分も反発してしまいそうだと思ったからだ。

野保はスマホの画面を眺めて、寂しげなため息をついていた。

「すまんな。思い切り機嫌を損ねてしまったから、帰るのが遅くなるかもしれない」

「どうしてですか？」

「嫌なことがあったら走り回るんだ、あいつは。昔は自転車や自分の足だったんだが、今は車があるからな」

「ああ……」

ストレス発散にひとっ走りしてくるといったところか。

その様子もまた、なんだか容易に想像できた。竹志が最初に抱いた印象そのままだ。

「可笑《おか》しいなぁ。決して貶《けな》すつもりなんかじゃないのに、憎まれ口に近い言葉が口を突いて出てしまう。私のような口下手が言葉で何かを伝えようとすると、どうしても失敗してしまうんだ」

野保が落ち込んでいる。

先ほどまで背筋を伸ばして本を読んでいた野保が、今は猫のように背中を丸めてしまっている。

親子だからこそ存在する溝だってあるだろう。

二人の事情をよく知らないただ家事を代行しに来ただけの赤の他人の竹志にははかり知れない溝が。

竹志は、昔からできるだけ人の悪口を言わないようにしてきたので、親子の折り合いが悪い様子を見るのはつらかった。

だが今、聞いていた二人の会話を聞く限り、衝突はしていても、そこに愛情がないとは思えなかった。すれ違ってしまっているだけなのではないかと、そう思った。

「あの……晶さん、野保さんの気持ちも、ちゃんとわかってると思いますけど」

「どうして、そう思う？」

「何となくです。でも……わかってるから、きつい言い方されて素直になれないんじゃないかなぁって……すみません、余計なことを言いました」

「いや、まぁ……うん、そうかもな。私だって、両親に対してはそうだった。心配してくれるのはありがたいとわかってはいたが、いつまでも子供扱いされて腹が立って……そうか、晶も同じか」

竹志は頷《うなず》いた。その脳裏には、以前に会った時の光景が浮かんでいた。

「そもそも家政夫を探していたのだって、野保さんのこと心配してるからですよ」

「いや、それは違うだろう。私一人だと、実家がゴミ屋敷になってしまうと心配したんじゃないか？」

「いいえ、違いますよ。僕、知ってます。家政夫候補の人とすごくたくさん会って、人となりを確認してたの」

ひと月ほど前、竹志は一度、晶と会った。いわゆる面接だ。母との間でほぼ話は決まっていたので、形式だけのものだったが。

それでも家事スキルについて、高校生活について、普段の様子について、家族への接し方について、色々と質問された。

竹志はその質問に答えることに必死だったが、ちらりと視界の端に映ったものを今でも覚えている。

竹志の他の候補者たちの履歴書やメール、手紙などを束にして持っていた。こんなに真剣に選んでいるのかと、感動を覚えたものだった。

「野保さんの生活を預けられるかどうか、真剣に見定めてましたよ。僕でよかったのか、わかりませんけど」

野保は、視線をうろうろさせて俯《うつむ》いた。竹志のことをまっすぐに見返すことをためらっているようだった。

「ん、まぁ……なんだ。あいつに心配されるほど年寄りじゃないんだが」

「また、そういう言い方する……」

「さっきも言ったが、あいつはケーキにゼリーを入れようとする奴だぞ。心配される謂《いわ》れはない」

「確かにゼリーは変ですけど……うん？」

ピンときた。竹志の脳裏に、何か電流のようなものが走った。

一度走り出したそれは止まることなく、頭の隅々に散らばっていた記憶の断片や思いつきをかき集めて、一つに収束させていく。

「そうか、わかった……！」

もう一度レシピを見直してみる。先ほど疑問に思っていたことが、するすると解けていくのがわかった。

「わかったのか？」

「はい！　野保さん、晶さんに電話してもらえませんか。もう一つ、買ってきてほしいものがあるんです」

◆

十分ほどして、晶は帰ってきた。思いのほか早い。『憂さ晴らし』には行かなかったようだ。浮かべている表情は、憮然としたものだったが。

台所でまな板やらボウルやらフライパンやら並べて準備している竹志に、買い物袋を突きつけた。

「買ってきたけど、これでいいの？」

「えーと……はい、これです！　ありがとうございます！」

真正面から笑顔でそう言われ、晶は何故か決まり悪そうにそっぽを向いた。

「その……今更だし、こんなこと聞くのもどうかとは思うけど……」

「はい？」

「……本当に、作れるの？」

いそいそと材料を机に並べる竹志に、晶は尋ねた。視線は机に並ぶ材料に向けられている。おそらく、竹志が最後に頼んだものを見て、半信半疑なのだろう。

ほんの少し、申し訳なさが滲んでいるあたりに、人の良さが窺えた。

竹志は、年上の人間を微笑《ほほえ》ましく思ってしまったことを必死に隠して、努めて頼もしいだろう笑みを浮かべて頷《うなず》いた。

「大丈夫です。たぶん、僕の予想は当たってますから」

竹志がそう言うと、晶はその隣にそっと立ち、竹志の手元をじっと見つめた。

晶の心配もわかる。レシピに書かれていたのは、やはり、ちょっとだけ一般的ではない作り方だった。

それに、このレシピは少しだけ意地悪だとも思う。あの書き方では、料理経験に乏しいこの二人では一生答えにたどり着けないだろう。

『？？？』で隠す意図はわからないが……今、自分がついているからには、解き明かしてあげたいと思うのだった。

竹志は、決意と同時に包丁を握り、晶が買ってきたキャベツを取ってみじん切りより少し大きいくらいに刻んだ。

次に山芋の皮を剥《む》き、ざくざく乱切りにした。

「……ん？」

晶が怪訝《けげん》な表情を見せたが、首をかしげるだけで、何も言わなかった。

竹志は何も言わずに続けて、最後に豚バラ肉を半分ほどに切って皿に並べて、包丁を洗った。

「第一段階終了！　次は……」

竹志は大きめのボウルを引き寄せた。その傍には、卵、水、お好み焼き粉、そしてあと一つ。

晶はちらちらボウルを見ていた。お好み焼き粉が投入されるところを待っているのだろうか。

そうしていると、リビングから野保もひょこっと顔を出した。

「晶、帰ってたか」

「……うん」

晶は目を逸らしながらぼそっと呟《つぶや》いた。電話でのやりとりの空気は顔を見てすぐに払拭されるはずもない。

「おぉ、そろそろ始めるのか？」

「はい、これから生地を作っていきます。その後はひたすら焼くのみ」

そう言い、竹志はボウルの傍に置いた材料に手を伸ばした。最初に手にしたのは……

「最初に入れるのは……これです」

竹志が最初に手にしたもの。それは、豆腐のパックだった。

絹ごし豆腐の蓋を開けて水を切ると、大胆にボウルに入れた。

「豆腐？」

「そんなの入れて大丈夫なの？　お好み焼きでしょ？」

野保も晶も、ボウルを覗き込もうとした。だが野保が頭を引っ込めた。ぶつかりそうになって、二人は先ほどよりもさらに気まずそうだった。竹志はそんな二人に明るく言う。

「大丈夫です。見ててください」

竹志はマッシャーを使ってざくざく豆腐を潰していった。柔らかい豆腐が押しつぶされて、あっという間に小さな粒に変わると、他の材料も投入していった。刻んだキャベツ、卵、水、そしてお好み焼き粉。既に潰していた豆腐とそれらが混ざり合い、ボウルの中はドロドロした生地で満ちていった。

生地の状態を確認して、竹志はフライパンを火にかけた。温まりつつあるフライパンにたっぷりの油を引いていく。一枚目はまだ油が馴染んでおらず焦げ付きやすいかもしれないので、少し多めに。

フライパン全体に油が行き渡ると、まず豚バラ肉を二枚焼く。パチパチ音を立てて、あっという間に熱を帯びていく豚肉の上に、今度は先ほど作ったタネをお玉ですくい、丸く丸く、落としていく。塊から、ゆっくりと大きな円を作っていくと、今度は別の皿を引き寄せた。

「それで何するの？」

問われた竹志は、どこか自慢げに、笑みを浮かべた。

「これが、〝ごろごろ〟です」

それは、大きく切った山芋だった。

竹志は皿に盛っていたざく切りの山芋をどさっとタネの上に落とすと、蓋をした。

だが一息つくことはせず、タイマーをセットして、じっとフライパンを見つめていた。蓋を開けてしまいたい衝動に駆られながらも必死に耐えて、中から聞こえてくる威勢の良い音に耳を傾けていた。たっぷりの油で熱せられているので、ひときわ元気な音がしている。

するとタイマーのほうからけたたましい音が聞こえた。

嬉々としてフライパンの蓋を取ると、どこかこんがりとした香りが鼻孔を突いた。想像通りの様子にしめしめと思いながら、竹志はフライ返しを両手に持った。そして、両側から差し込み、底面をフライパンから引き剥がしていく。円の半分ほどずつ差し込むと、そろりとそこから持ち上げ……くるんとひっくり返した。こればかりは一気にやらないといけない。その分、失敗もしやすいのだが……

「うまくいったぁ」

竹志の感嘆の声に応えるように、お好み焼きはこんがりきつね色の顔を見せていた。

そのまま蓋をせず、もう一度タイマーを仕掛けて、待った。

「うまいもんだな」

先ほどのひっくり返した技術を見て、野保が賞賛の声を上げていた。竹志は改めて、照れくさそうに笑った。

「僕もお好み焼き食べたくて、よく作るんで。うちの母も、同じように褒めてくれます。『ひっくり返すのが上手ね』って。そう言って、気付いたらいつも全部作らされちゃってるんですよね……ははは」

照れ笑いが、苦笑いに変わった。褒めているのは確かだが、同時に掌《てのひら》の上で転がしている。母親というのは、どうも一枚上手のようだ。

その時、またもタイマーがけたたましく鳴り響いた。

再びフライ返しを握り、フライパンに向かう。そろっと底面を剥がし、焼き加減を見る。きつね色に焼けているか、弾力はどうか、慎重に確認した後、皿に載せた。こんがりとした焦げ目の上から、逆手に持ったソースを格子状に一気にかけていった。そして鰹節と青のりを大胆に振りかけて、完成だ。

ふんわり膨らんだ土台の上に、こんもり載った豚肉。それがじゅうじゅう音を立てている。

その姿は、まさしくレシピに載っていたあのお好み焼きと同じだった。

「ふんわりごろごろお好み焼き、完成です！」

フライパンいっぱいに広がったお好み焼きは、きれいな円を描いて出来上がった。真っ白な皿の上で、同じくらい真っ白な湯気が立ち上る。

その湯気ごと、竹志はフライ返しでお好み焼きを真っ二つに分けた。両側に豚バラが一枚ずつ載っている。その片方を差し出すように、晶のほうへ皿を押し出した。

晶は、初めは戸惑って野保のほうへ押し返そうとしていたが、ちらりと竹志を見て、箸を伸ばしていた。

「あったかいうちに、一口でも食べてください」

そう、竹志が言ったからだ。

野保と晶の二人は、皿の両側から箸を伸ばして、おずおずと一口分、箸で掴む。お互いを一切見ずに、別々のタイミングで箸を伸ばし、そして二人ほぼ同時に、ぱくりと一口、頬張る。そして……声が聞こえた。

「美味《うま》い」

「美味《おい》しい……！」

竹志の頬が、自然とニンマリと笑みを浮かべていた。

「ああ、千鶴子のと同じで、柔らかいな」

「お母さんのと同じ、ごろごろしてシャキシャキしてる」

二人同時に言って、二人同時に顔を見合わせていた。そして、決まり悪そうに視線を逸らしてしまった。

その気まずいような空気を払うように、晶がお好み焼きの下側を探った。

「そういえば、〝ごろごろ〟ってこれのことだったのね」

「はい。山芋です」

晶は、下のほうに潜んでいた大きめの塊……サイコロ状の山芋を引っ張り出した。真っ白で、まだシャッキリした食感が残っている。

「最初はそれに気付いていなかったようだが……何故だ？」

野保までが山芋を不思議そうに眺めて尋ねた。晶のほうは、ほんの少し謎が解けてスッキリしたような顔をしていた。

「山芋って、普通はとろみをつけるために入れるんです。お好み焼きのタネに入れると、焼き上がった時にすごくふんわりするんですよ。だからてっきり、レシピに書かれていた山芋は、〝ふんわり〟させるために使うものだと思ってました。それで『？・？・？』の部分が〝ごろごろ〟の正体だと思ったんですけど、野保さんの話を聞いていてふと思いついたんです。〝ふんわり〟させるにはもう一つ方法があったって」

「それが豆腐か」

竹志ははにかみながら頷《うなず》いた。

「『百五十〜二百グラム』も入れるものだから、山芋じゃないなって思ってて……晶さんがケーキにゼリーを入れたって話を聞いて、何となく思い出したんです。プルンとしてるものを入れて柔らかくする方法……どうです？　これで〝ふんわり〟と〝ごろごろ〟、両方が入ったでしょ？」

ニッコリ笑う竹志の顔を見て、野保も晶も、なんだか言葉を詰まらせていた。お互いに顔を見合わせたかと思うと、どちらからともなく顔を逸らし、そして……無言で、お好み焼きに箸を伸ばしていたのだった。

一枚目のお好み焼きはあっという間になくなった。竹志が急いで二枚目を焼くと、それもあっという間になくなっていく。三枚目はさすがに二人だけでは多すぎると言うので、竹志もご相伴《しょうばん》にあずかることとなった。食べてみると美味《おい》しくて、四枚目は竹志が一人でぺろりと平らげてしまったのだった。

「す、すみません！　僕が全部食べちゃって……！」

よく考えたら、家事をしに来ているというのに、この家の家人に出したものを自分が食べ切ってしまうなど失態中の失態……と思った。だが平謝りする竹志を、野保も晶も責めはしなかった。

「私が多すぎるからどうかって勧めたんだ。問題ないだろう」

「そうよ。だいいち、あなたが作らなきゃ一枚も食べられなかったんだから、当然の権利でしょ」

「いや、でも……」

竹志が眉を下げながらおろおろしている様子とは逆に、晶が強めのため息を吐き出した。

「もうわかったから」

晶はそう言うと、皿をシンクに置いて、台所から出ていこうとした。そうして、入り口のあたりでぴたりと立ち止まった。

「……美味《おい》しかった、ありがとう」

「……へ？」

尋ね返すと、晶は振り切るようにバタバタと走っていってしまった。何か怒らせてしまったのだろうかと不安に思っていると、野保が「ふぅむ」とのんびりした声を出した。

「よっぽど美味《うま》かったんだな、お好み焼きが」

「え？」

どこをどう解釈すればそう結論付けられるのか……さらなる疑問符を浮かべている

と、野保はやれやれといったように椅子に座った。

「すまんな、へそ曲がりな奴で」

「い、いえ」

野保に勧められ、竹志も対面に腰掛けた。

「あいつなりに感謝してるんだ。気を悪くしないでやってくれ」

「それは……まぁ何となく……」

竹志がそう言うと、野保はどこか嬉しそうに、ほのかに微笑《ほほえ》んでいた。

「私が昔から頭ごなしに色々言うもんだから、すっかり反抗する癖がついてしまってな。今は特に、誰に対しても反発しやすい」

「今は特にって、どうしてですか？」

野保は頷《うなず》くと、渋い面持ちになった。

「あいつはシステム会社で働いているんだが……ああ、そのご縁で君が来てくれたんだったな」

「はい。母の勤める病院で使っているシステムのメンテナンスをしてくれてるって聞いてます」

「システム会社っていうのは、厳しい業界でな。日進月歩で、常に新しい技術や情報が求められる。それに加えてあいつは若手で覚えなければいけないことも多い。ベテランから子供扱いされたり、逆に手に余るような仕事を振られたり、とにかく毎日必死なんだ」

「そ、そうなんですか？」

学生の竹志にとっては、社会人として働いている晶は大人でしっかり者で、別世界の人間のように思えた。子供扱いを受けるだなんて、想像もつかなかった。

「私も同じ業界にいたからわかるが、あいつは人一倍負けん気が強い。誰が相手だろうと下に見られたくないと思ってしまう。それと同時に、誰かがおろおろしたり、いらない謝罪をしている姿を見たくないんだろうな……まぁ、私に言われたくはないだろうが」

その言葉が、何故かすとんと腑に落ちた。先ほどの晶の言葉の意味を、当然のように感じ取っている野保にも、竹志は温かみを感じていた。

「心配してるんですね、晶さんのこと」

「そりゃあ、するさ。娘だからな」

しみじみと頷《うなず》いた野保の瞳に宿る感情が、慈愛であると竹志は気付いた。母の、自分を見つめる瞳に時折宿っている感情と同じだと感じた。そして、面接の時に見た晶の瞳とも、似ていた。

「まぁ、あいつは私の心配なんかいらんだろうが」

「また……親に対しては素直に感謝できないって、さっき野保さんも言ってたじゃないですか」

竹志には、どうしても野保と晶の二人がわかり合えない間柄には見えなかった。衝突してはいるが、決して憎み合っているわけではない。きっと、間を繋いでくれる人がいなくなって、戸惑っているのだ。

根っこのところでは、繋がっている。

「時間はかかるかもしれないけど、僕、お二人は仲良くやっていけると思います」

「何故、そう思う？　もうずっと前から顔を合わせれば険悪になっていたぞ？」

「何となく、です」

竹志は笑いかけたが、野保はどこか不服そうだった。明確な理由を言わなかったので、当然といえば当然の反応だ。だが、そう思った理由を言うと、野保も晶もさらに機嫌が悪くなるかもしれないと懸念してのことだった。

今のこの二人に、言えるはずがなかったのだ。

（〝美味《おい》しい〟の顔が、二人ともそっくりだったなんて……言えるわけないよなぁ）

きっと、この二人は大丈夫。だがそんな確信は、しばらくは自分一人の胸に収めておこうと思った。

（でもきっと、二人のわだかまりを解く鍵は……これだ）

机の上に置かれた『はてなのレシピノート』。いつか、二人を再び笑い合える関係に導いてくれると信じて、竹志はそっとその表紙を撫でたのだった。

三品目　魔法にかけられて

広い大学構内に、大きな鐘の音が響く。正確には、鐘の音を模した電子音だ。構内には様々な学部が存在するが、この音はどの学部でも同じ時間に鳴る。そしてこの昼休憩を知らせる鐘は学生たちにとって特別なものだ。

各学部にある食堂には、この音が鳴ると、講義を終えた学生が詰めかけてくる。賑やかを通り越して大騒ぎとなる。

大勢の学生がほぼ一斉に昼食をとるので、場所取りも熾烈《しれつ》だ。竹志もまた、待ち合わせをしている友人と自分、二人分の席を確保している。手元には弁当箱がスタンバイ済みだ。この混み合う中、食堂メニューでもないものを置いて、二人分の席をキープしていると冷たい視線を感じてなかなかつらい。

居心地の悪さで肌がピリピリしてきたところに、暢気《のんき》な声が聞こえてきた。

「おーいタケ、お待たせ～」

「雅臣、遅い！　かなり白い目で見られたんだからな」

雅臣は、いつもいつも竹志に場所取りを任せて、のんびりやってくる。講義中寝ていて、終わったことに気付いていないことが多いからだ。

学生数の多い学部であるため、同じ講義でも、教室が分かれている。だから待ち合わせをしているというのに……

竹志がじとっとした目で雅臣を睨《にら》みつけると、彼はニカッと快活に笑った。

「悪い悪い。今日は寝てたんじゃないって。バイト先から電話かかってきてさ」

そう言って、雅臣は大盛り唐揚げ定食の載ったトレーと共に席に着いた。

「また急にシフト変わるとか？」

「おう！　今日オフだったんだけど入ってほしいってさ。人気者はつらいぜ」

褒められたかのように陽気に笑うので、竹志は苦笑いと共にため息をついた。竹志の苦労は今すぐには伝わらないものと諦めて、手を合わせることにした。

「いただきまーす」

雅臣ががぶりと豪快に唐揚げにかぶりつく。それと同時に竹志は弁当箱の蓋を開けた。高校の頃からずっと使っている二段弁当と、味噌汁入りの保温ジャーだ。

蓋部分をコップ代わりにして味噌汁を注ぐと、竹志はずずずっと音を立ててすすった。

「あ、味噌汁美味《うま》そう。ちょっとくれ」

「ダメ。大盛り食っといて人の分まで取る気か」

「いいじゃん。これから肉体労働なんだから、ちょっとでもエネルギーをくれ！」

「それとこれとは別！　……とはいえ、ほんと働き者だなぁ、雅臣は。いつもいつも大変そうだ」

竹志がそう言うと、雅臣は目を瞬《またた》かせて、即座に答えた。ご飯を頬張りながら。

「何言ってんだ。お前もだろ。自分の家の他にも家事やるとか、俺には絶対できねえ」

口いっぱいに唐揚げとご飯を詰め込みながら、雅臣は言う。対する竹志も、アスパラベーコンをもぐもぐしながら答えた。

「俺は本当にできることしかやってないよ。ばあちゃん先生に教わったことを忠実に再現してるだけ」

『ばあちゃん先生』の名に、雅臣はぴくりと反応した。唐揚げでパンパンに膨らんだ頬が、嬉しそうに持ち上がった。

「マジ？　ばあちゃん喜ぶわ」

小学生の頃、両親の帰りが遅かった竹志は、近所で仲の良かったおばあさんの家に預けられることが多かった。そこではおばあさんが習字教室を開いていたから、放課後でも友人と顔を合わせることができたし、何より孫であり同学年だった雅臣がいた。おかげで竹志は寂しい思いをすることなく放課後を過ごし、おまけに家事についても色々と教わることができたのだ。

今、竹志が食べている弁当のおかずも『ばあちゃん先生』直伝のものだ。

「へぇ～懐かしいなぁ。俺にも一つくれ」

「だから……お前は唐揚げ大盛り食ってるだろ！　これは俺の！」

雅臣が伸ばしてきた箸を弁当箱ごとさらりとかわす。

その時、ほのかな香りが竹志の鼻孔を突いた。香ばしさとスパイシーさが入り交じった、カレーの香りだ。

「あ……」

竹志の背後を、カレー皿を持った誰かが通り過ぎた。思わず目で追ってしまう。すると正面にいた雅臣が、急に声を潜めた。

「タケ、どうした?」

そう尋ねつつ、何があったのか薄々わかっているようだ。視線が、急に気遣わしげなものに変わった。

ほんの少し迷った末に、竹志は苦笑いを浮かべて言った。

「悪い……俺、別のとこに行く」

そう言うと、竹志はまだ中身が残っている弁当箱をさっとしまって、席を立った。

混み合う中、できる限りぶつからないように気をつけて、足早に食堂を後にした。

外に出るとさすがに食べ物の匂いは感じなくなった。

我知らず、ホッと息をついていると、声をかけられた。

「おーい、タケ」

雅臣が駆け寄ってきたのだ。見ると雅臣は、食べかけの皿をトレーごと持ってきていた。

「雅臣、まだ食べてたんじゃ……？」

「別に食堂じゃなくても食えるし」

「……ごめん」

竹志が頭を下げると、同じくらい神妙な面持ちで雅臣も頭を下げた。

「その……やっぱりキツいか？　あの匂いとか」

雅臣とは古い付き合いだ。竹志がカレーを苦手としていることをよく知っていた。いつも食事の場所など気を遣ってくれていたのはわかっていた。だからいつまでも気遣わせては申し訳ないと思っていた。それに苦学している雅臣にとっては学食メニューが一番懐に優しいものだとわかっていた。だから「ここでいい」と言ったのだが……結局ダメだった。

「……別に、苦手ってほどじゃないよ。ほら、あの匂い嗅いじゃうと、食べたくなっちゃうからさ……ははは」

「本当に、大丈夫か？」

竹志が頷《うなず》くと、雅臣はしばらく疑わしげに見つめていたが、やがてニカッと笑った。そして、竹志の背中をバシンと叩くのだった。

「何だよ、もう！　心配しただろ！」

「ごめんごめん」

「お詫びに弁当分けろ。さっきの、ばあちゃん直伝のやつ」

「そ、そんなに食いたかったのか？」

「おう！　それに卵焼きも、おにぎりも、何か肉のおかずもほしい」

「ほぼ全部じゃん！」

竹志の叫び声を聞いて、雅臣は何も言わずに、また背中をバシバシ叩いて、移動を促した。食堂以外の場所で弁当を広げるためだ。いつもと同じやりとりを繰り広げながら、学部棟から外へと歩き出した。

外の空気を吸い込んだ竹志は、もう、カレーの香りは忘れていた。

◆

「よし、頑張ろう！」

迷惑をかけてしまった……そう思うと。胸の内がもやもやもやした。

雅臣には明日、何かしら報いるとして、今このもやもやを晴らすには仕事に打ち込むのが一番だ。そう思い、竹志はいつも以上に熱心に、丁寧に、野保家をピカピカにすることに注力した。

洗面台を磨く手にも思わず力が籠もる。割り箸で排水口に溜まっていたゴミを丁寧に取り除き、うっすら溜まってきた水垢やカビを雑巾で拭き取り……気付けばその手は鏡にも伸びた。鏡についた曇りを拭《ぬぐ》うと、自分の胸にかかったもやもやまでが晴れるような気がしていた。

今日新しく買ってきたのかと思うほどピカピカに磨き上げると、竹志はようやく、一息ついた。まだもやもやは晴れていないが、この場には磨く場所がもうない。

一旦リビングを覗くと、野保はソファに座って本を読んでいた。

「洗面所の掃除、終わりました」

「ああ、ありがとう」

振り向いた野保は、軽く頷《うなず》いて見せた。

来た時に浮かない顔をしていたせいで無愛想に見えたかと思ったが、幸い気にしたふうでも、怒っているふうでもない。もしや竹志の様子に気付いていなかったのだろうか。そう思った、その時だった。

「少しは気分が晴れたかね？」

「え⁉　な、何がですか？」

　野保は、目を瞬《また》かせて答えた。

「いつもニコニコしてる君が何やら沈んでいる様子だから、可笑《おか》しいと思うのは当然だ。何か嫌なことでもあったんじゃないか？」

「嫌なことは……」

　なくもないが、野保の想像とはおそらく少し違う。あくまで自分の『癖』のようなものだ。そう思って言葉を濁していると、野保は、うんうんと頷《うなず》いたのだった。

「まぁ、色々あるだろう。話したくないなら、いい」

「す、すみません……無愛想にしちゃって」

「いや、気にするな。妻も、もやもやしている時なんかは、だいたいどこかを熱心に磨いていた」

　なるほど、と納得がいった。掃除の間、野保は一言も声をかけてこなかった。妻の癖と同じだと気付いての配慮だったということか。

　詳しくは聞かないでいてくれる配慮もまた、ありがたい。

　申し訳なさと、感謝の念が、竹志の胸の内に同時に湧き起こった。

「あ、あの……じゃあ僕、仕事に戻りますね。これから料理だし、あとこれも貼り直しておきますね」

そう言って、竹志はエプロンのポケットに詰め込んでいた緩衝材を取り出して見せた。

「これは……」

「納戸に入ってたんです。ドアのところに時々テープで留めていた跡があったから、もしかしてぶつけやすい箇所に巻いていたのかなって……」

「そうか……そうか、うん」

野保は何故か、感じ入るように、緩衝材を見つめていた。かと思うと、急に竹志をまっすぐに見据えて、首を横に振った。

「ありがとう。だが……気にしなくていい」

そう言った野保は、再び手元の本に視線を落とした。何か気に障ることを言ってしまったのかと気になったが、野保の纏《まと》う空気はそれ以上の会話を拒んでいた。

「あの、じゃあ料理作りますね」

そう、尋ねようとした。その時、玄関のほうで大きな音がした。

何やら乱暴にドアを開けるような、そして荒々しく駆け込んでくるような音だ。

「まったく、あいつは……」

野保は頭を抱えながら立ち上がり、玄関に向かった。竹志もそれについていく。

その音の主が誰かはわかっている。ただ、いつも以上に荒々しい音だったことが、妙に気にかかるのだった。

◆

荒ぶる音の主・晶は言った。リビングに入ってきて竹志の顔を見るなり、開口一番だ。

「天ぷらが食べたい」

「天ぷら……ですか?」

戸惑う竹志と憮然としている晶の間に、野保が割って入った。

「また突然何を言い出すんだ、お前は。泉くんが困っているだろう」

「……ただの独り言よ。気にしないで」

「いや、かなり気になります……」

どうも勢いで言ったらしいが、こんなに突拍子もないと、インパクトがありすぎた。

竹志はおずおずと、視線でその意味を問うた。

引っ込みがつかなくなった晶は、気まずいのか、ぼそぼそ話し出した。

「別に……本当に何でもないわよ。ちょっとイライラしてて、そういう時って、無性に天ぷらが食べたくなるのよ」

「はぁ」

天ぷらとイライラの繋がりが竹志にはよくわからないが、野保には何か見当がついたらしい。呆れ顔でため息をついていた。

「それで？　上司に何か言われでもしたのか？　それとも何か大きなヘマでもしたのか？」

「ヘマなんてしてないわよ！」

どうも当たらずしも遠からず、というところらしい。

「何があった？　話を聞くことぐらいはできるぞ」

「……へ⁉」

晶は驚きを隠せないといった顔をしている。

「何よ、お父さん……そんなの初めて言われたんだけど」

怪訝《けげん》な表情でそう言う晶に、野保は眉をひそめた。

「同じ業界で、定年まで働いたんだ。何かしら、できることがあると思ったまでだ」

あえて父親として、とは言わない。そこに野保の不器用な気遣いが見えた。晶も、それは感じ取ったらしい。

「……先輩が見落としてた設計書が見つかって……それが以前、私が作ったプログラムとよく似てたから、上司がさも名案って顔で『じゃあ楽勝だな。ちゃちゃっと作ってよ』……って、言ったの」

野保は、顔をしかめてしまった。竹志にはよくわからなかったが、野保にはそれがどう『イライラ』に繋がるのか、わかるらしい。

「ああ、まぁ……いるな、そういう人は。ちなみにそれは納品できたのか？」

「……した。言葉通り『ちゃちゃっと』。丸二日寝てないけどね。それで上司に提出したら、何て言われたと思う？」

野保は黙っていた。竹志には、答えられようはずもない。

「こう言ったの。『何とかなるもんだな。また次もよろしく』だって……次もこんなことがあってたまるかっての！」

バンと机を叩く音がリビングに響く。

びくびくしている竹志は、困ったように頭を抱える野保にそっと尋ねた。

「よくわからないんですけど……良くないことなんですか？」

「そりゃあ設計書を見落としていたんだからな。そのままだと大事になるところだったんだ。例えば……私が、『言い忘れていたが今日は人を招くからいつもと違うメニューを十人前作ってほしい。君なら余裕だろう』と言うようなものかな」

「……ああ……」

　本当にそう言われたと想像したら、竹志はちょっとイラッとしてしまった。しかも何とか無事に終えた後に、晶と同じように大した礼もなく「次もよろしく」なんて言われたとしたら……竹志は思わず拳を握りしめていた。

「それは……イライラしますね」

「でしょ？　そういう時はサクサクの天ぷらをがぶっと大口でかじるのが一番なの」

「そう、なんですね……？」

　自分の場合とは違うので、やっぱりイメージは結びつかなかったが、豪気な晶らしいと思った。思わずクスッと笑いそうになると、横から野保の呆れたため息が聞こえた。

「要するに、無茶振りされた仕事をやりきったものの、不本意な言葉のせいで達成感がどこかに吹き飛んだということか」

「……そうね、もやもやする」

「ここにも、もやもやを抱えた人間がいたか……」

　野保はやれやれといった様子でそう呟《つぶや》くと、置いてあったノートをパラパラとめくった。野保の妻が遺したレシピノートだ。

「泉くん。今日の夕飯なんだが、これをお願いしてもいいかな？」

　そう言って野保が示したページに書かれていたのは『天ぷら』だ。書かれてあるのは、実によくある手順と材料。この通りに作れば、家庭でも美味《おい》しい天ぷらが食べられることだろう。

だが、そのページの一角……そこには、毎度の如く『?･?･?』の記述があるのだった。

そして『?･?･?』と共にこう書かれていた。

『天ぷらを作った後じゃなくて、作る前に魔法をかけてね。さて、このレシピの美味《おい》しい秘密（はてな）は、何でしょう?』

相変わらず、ヒントなのかどうなのか、よくわからない記述だった。

「えーと、これ……何か心当たりがあったりは……」

竹志は首をかしげながら晶に尋ねた。

「ない。美味《おい》しかったってこと以外は何も」

「そ、そうですか……」

困った竹志は、野保に視線を向けた。すると野保も、ふるふると頭を振った。

「美味《うま》かったことは間違いないが、何が隠し味かは……すまん」

神妙に謝られるとかえって申し訳ない。竹志はもう一度レシピを上から下まで眺めた。特に『？？？』のあたりを、じっくりと。

「う、うーん……『？？？』が小さじ一と二分の一とは……」

今度は、明らかに調味料っぽい。正解を絞れたように見えるが、逆に何でも当てはまる。実際のところ、何も絞れていないのだった。

「うーん……じゃあ、食べる時には何をつけました？　天つゆとか、塩とか……抹茶塩も人気ですよね」

視点を変えてのヒントを求めると、晶は天井を見上げて、考えていた。

「ううん。何もつけなかったと思う」

「……何もつけない？」

晶はもう少しだけ考えると、頷《うなず》いた。

「うん、つけない。天つゆをつけると、どうしてもふにゃっとしちゃうでしょ。私、サクサクの状態で貪《むさぼ》りたいのよ。その点、お母さんの天ぷらは何もつける必要がなくて良かった。かじっただけで塩とか天つゆをつけた時みたいな味がしたの」

何もつけなくても美味《おい》しい料理は、料理人の腕次第で可能だ。だけど何もつけなくても塩や天つゆのような味がするとは……そんなことが、あるのか。

具材をタレに漬け込むなどしていればあり得る。

だがもう一度レシピを見返してみると、そういった記述はなかった。その代わり、違うことが少しわかった。

「何かの調味料を衣に混ぜてるのか」

天ぷら粉に何かを混ぜ込み、衣自体に味がつくようにしていたのではないか。そう考えれば、納得がいく。だが、何を入れたらいいのか。

「……まぁ、いいか。ちょっと買い物に行きますね。具材も天ぷら粉も買わなきゃだし」

それに、調味料の棚でぐるぐるしていれば、何か思いつくかもしれない。そう思っていた。

「私も行く」

「え」

いそいそと車の鍵を取り出す晶に、竹志は怪訝《けげん》な表情を向けてしまった。

「何よ、そんな顔しなくてもいいでしょ。荷物が重くなりそうだから、足になるって言ってるの」

「あぁ、足……」

車で行くほど、たくさん買い込むつもりなのだろうか。まだ謎が判明していないうちから期待値が上がりすぎていて、竹志は内心びくびくしていた。

そんな竹志の肩を、野保がぽんと優しく叩いた。

「あいつが言い出したことだ。任せきりにはしたくないんだろう。すまんが、頼む」

そう言って、お金を多めに渡された。

まだ眉をひそめる竹志にかまわず、晶はもう玄関まで行ってしまっていた。もはや選択肢はないようだ。

竹志はお金を財布にしまい、レシピノートをスマホで撮影し、急いで玄関に向かった。

◆

「海老は、これでいきましょう」

「……太っ腹ですね」

ここは、野保家から徒歩二十分ほどだが、車だと五分ほどのスーパー。食料品から日用品、衣類、薬局まで一通りのものが揃う店だ。

ご近所中の生活を握っている店ともいえる。

そんな店の鮮魚売り場に着くなり、晶は迷わずに一番大きなパックを選び取った。高級店や料亭などで扱われるような『車エビ　五尾入り』を。晶は大胆にも同じものをあともう二パックもカゴに放り込んだ。咄嗟《とっさ》に合計金額を計算して竹志は息をのんだ。

「だって一番大きいし。お父さんがお金出してくれたことだし。こういう時こそケチらず大胆にいくもんよ」

何とも豪快な理論を展開する晶にちょっと困りつつ、竹志は他の具材にも目を向けた。

「海老以外はどうするんです？」

「うーん……海老を丸かじりするってこと以外、頭になかったわ」

竹志は、野保があそこまで呆れていた理由が、ここにきてようやくわかった気がした。どうも晶という人は、かなり勢い任せらしい。

「えーと、どうせなら盛り合わせにしませんか？　せっかくの天ぷらも海老だけだと寂しいですよ。サツマイモとか、しいたけとか、ちょっと時期はずれだけど菜の花とかも一緒に食べると美味《おい》しいですよ」

「そうなの……じゃあ任せるわ」

「合点承知！」

『任せる』という言葉が、竹志は好きだった。嬉しくなって咄嗟《とっさ》にそんな言葉を言ってしまうと、晶は急に笑い出した。

「『合点承知』って、何かの台詞？」

「へ、変ですか？」

「そりゃあね。いったい何歳よ」

竹志は笑われて、ほんの少ししょんぼりしながら答えた。

「すみません、その……昔、父さんと一緒に見てた古い時代劇の台詞で……僕、気に入って気付いたら言ってるんです」

そう言った途端、晶はぴたりと笑うのをやめた。

「……ごめんなさい」

「そ、そんな謝らないでください。事実を言っただけなんですから」

竹志がそう言っても、晶は俯《うつむ》いていた。竹志は母子家庭で、晶はそのことを知っている。だからこそ、自分自身の軽率な言葉を許せないのだろう。

だけど竹志としては、父の話でこんなふうに俯《うつむ》いてほしいとは思わない。

「え、えぇ～と………な、何作ろうかなぁ～？　な、何の天ぷらがいいですかぁ～？」

まるで子供に言うように、あざといほどの明るさで尋ねてみた。どうにかしてこの不本意に重い空気を払拭したいと思ってのことだが……晶は、噴き出した。

「あなた……話題を逸らすの下手すぎ」

「え、えぇ～⁉」

不服そうな竹志の前で、晶はパンと大きく手を打った。

「うん、ごめん！　さっきの話は終わりにしましょう！　天ぷらのことよね、天ぷら！」

「そ、そうです！　天ぷらです」

晶だってそう上手なほうではないと思うが、今はその強引さが、ありがたかった。

「さて、それで話は戻るんですけど……参考までに、海老以外では、天ぷらの具材で何が好きですか？」

「うーん、本当に何でもいい」

「何でも、ですか」

気合いを入れ直して早々に困り果てる竹志に、晶も困ったように付け足していう。

「だってお母さん、いつも『何が出るかはお楽しみ』なんて言ってたもんだから……逆に言うと、具材が何でも美味《おい》しかったのよ。魔法でもかかってたんじゃないかってくらい」

「それは……主婦冥利に尽きる言葉でしょうね」

思わず、笑みがこぼれた。なんだか目の前でそう言っている光景が浮かぶようだった。

なるほど、晶の母……野保の妻は、料理の腕もさることながら遊び心も豊かだったようだ。

「何でも美味《おい》しく……か。衣にそんな魔法をかけるなんて、すごいアイデアですね」

「でしょ」

そう言った晶の声が、軽やかに弾んでいた。

「このレシピの『?・?・?』の部分が、その魔法の部分なんですよね」

レシピを写した画像を見て、竹志はきゅっと眉を寄せて考えた。その表情を見た晶は、なんだか申し訳なさそうな顔に変わった。

「ねぇ……難しいなら別にレシピの『?・?・?』は気にしなくていいわよ」

「え?」

何とか買いものが終わるまでには判明させようとしていた竹志は、思わず不満の籠もった顔を向けてしまった。晶は困ったような表情を浮かべていた。

「普通で十分美味《おい》しいんだから。作ってくれるだけでありがたいし。単に私がストレス解消したいだけなんだし」

すぼんでいく晶の声は、胸の内と同じことを告げているのか、疑問だった。

確かに竹志としても、毎回『?・?・?』の部分を考えるのはなかなか骨が折れる。レシピは、基本の部分は書かれているので、特に謎解きをしなければいけないわけでもない。

晶がこう言うならば、無理をして頭を抱える必要もないのだろう。

だが、竹志はその言葉に頷《うなず》く気には、どうしてもなれなかった。

「あの……僕が作りたいんです。それじゃ、ダメですか？」

「何で？　もし謎解きを楽しみたいなら、他にいくらでもあるでしょ」

竹志は、静かに頭を振った。そして、スマホに撮影したレシピノートを指した。

「これは、晶さんのお母さんが、晶さんたちに食べてほしくて書いていたものなんです。だったらバンバン作ってバンバン食べないと」

「バンバン？」

「バンバン、です」

「そうか……バンバン、ね」

口の中で反芻するように、晶は何度も呟《つぶや》いた。

「だから僕、できるだけお二人が覚えてる味に近づけるように頑張りますね」

「……そうね」

晶は、負けを認めたような笑みを浮かべた。ちょっと悔しいけど、嬉しい。そんな顔だ。

「だけど、何もつけなくても味がするって、どんな魔法なんだろうなぁ」

呟《つぶや》きながら、足は自然と調味料売り場で止まった。具材よりも、そっちが優先だった。

　天ぷらは、油をたっぷり吸った衣を纏《まと》い、それを塩や天つゆなどで味を加えてサッパリ食べるもの。何もつけなくても味があるとは、魔法のような代物に思えた。

「塩とか天つゆみたいな味がしたって言ってたな……だったら砂糖じゃない。だけど塩だけでも足りないだろうし、醤油か？　……いや、水分が飛んで辛くなっちゃうんじゃないかな……何なんだろう？」

　調味料の棚の前で、竹志は足を止めてうんうん唸り始めてしまった。どの調味料でも当てはまりそうであり、どれも物足りないように見えてならない。考えれば考えるほど、頭がフラフラしてくる。

　そんな横で、晶が何かに気付いたように呟《つぶや》いた。

「魔法……そういえば、『困った時には魔法の粉』って言ってたような……」

「……『魔法の粉』ですか？」

　晶は唸りながら、調味料の棚を睨《にら》んでいた。

「ちらっと見たことあったけど、粉っていうよりも、薬っぽい感じだったわ。すっごく小さい粒っていうのかな？」

「粒……ってことは『粉』じゃなくて『顆粒』……もしかして⁉」

　頭の中ですべてが一本の線に繋がっていくのを感じた。

今度は明確に、とある一つの箱を求めて棚をぐるぐる見回した。そして、小さな箱を手に取った。

「そうだ、これなら……何で思いつかなかったんだろう」

竹志の顔が急にぱっと明るくなっていく。

「何？　何を入れるの？」

晶の問いに、竹志はただニヤリと笑い返した。そして手にしたその小さな箱をカゴに放り込んで、颯爽と歩き出した。

◆

「おかえり」

玄関をくぐった竹志と晶に、野保がゆったりとそんな声をかけた。

顔を見ると、少し心配そうな色が浮かんでいた。晶の調子に竹志が振り回されてやしないかハラハラしていたと、顔に書いてあるようだ。

能面のようでいて、意外と表情に表れやすい人なのだと、竹志は最近気付いてきた。

「ただいま帰りました。すぐに取りかかりますね」

「その顔は、何かわかったのか？」

その問いに、竹志はニヤリと笑みで答えた。何故だか野保もうっすら笑みを浮かべている。子供が試験に合格したのを見届けたような顔だと、竹志は思った。

買ってきたものを台所の机の上に並べ、エプロンを身につける。だが、まず取りかかるのは野菜などの処理ではなく……

「これね」

晶が、嬉々として買い物袋から取り出した。車エビ三パックを。

「これはさすがにちょっと時間がかかるので、二人は待っててください。揚げる時になったら呼びますから」

「いいわよ。無理言ってるんだから、できることは手伝う」

竹志は、あからさまに困った表情を浮かべてしまった。晶は黙って、その表情を受け入れているようだ。

「えぇーと……教えてる余裕もないので、また今度で……」

「じゃあ野菜でも洗ってる」

「あー……じゃあ、お願いします」

野保はまた、一瞬だけ不安そうに眉を動かしたが、咳払いでごまかして、リビングに戻った。

（リビングに戻っても、きっと落ち着かないんだろうな……）

竹志は、手早く準備を済ませようと決意した。

晶が、買ってきた野菜をシンクに運んで洗い始めたのと同時に、竹志は青黒い身の車エビを手に取った。

普段料理することのないような、大ぶりの車エビだ。それを思い切って三パック。値段も、店に並ぶ中ではかなり大きな数字が並ぶ。

晶も、おそらく野保も、どうもここぞという時にはケチケチしない主義らしい。

（こんな立派な海老で天ぷら作るのなんて初めてだ……絶対、美味《おい》しくしないと……！）

竹志は、心の中で誓いを立てたのだった。

◆

音が、連続して聞こえる。パリッ、プチプチ、ベリベリッ……

エビの頭を取り、手足をもいで、殻を剥《む》いていく音だ。殻を取り去ると柔らかい身が姿を現す。尾っぽを残したまま半円形を描く身を、竹志はそっと別のボウルに入れた。

そうして、他の海老たちも同様に剥《む》いていくのだった。

「なるほど、そうやるのね」

「あの……手早くやっちゃいたいので、これは僕に任せてくださいね」

「……あなた、人任せにできない質《たち》ね。損被りやすいでしょ」

晶は不満げに、そう言った。

それでも、竹志の手つきを覚えようとしているのか、じっと作業を見守っていた。

「こうやって剥《む》いたら、背わたを取ります」

全部の海老の殻を剥《む》いた竹志は、ボウルの中に積み上がっている海老を一尾、手に取った。まな板に寝かせ、背中に浅く包丁を入れていく。すると青黒い身の中から、黒い筋が姿を見せた。器用にそれを抜き取り、脇に避けておく。

ついでに腹の部分に切れ目をいくつか入れ、身全体をぎゅっと手に握る。

「何してるの？」

「こうしておくと、揚げた時に丸まりにくいんです」

「へぇ……」

最後に尻尾の先を少し切り落とし、別のボウルへ。終わったら、次の海老に取りかかった。この繰り返しだ。

いつもより大きなサイズの海老なので、下処理もやりやすい。自然といつもよりスムーズに手が動いていた。量といい、大きさといい、いつも以上なので海老の処理だけで小一時間以上はかかるかと思っていた竹志だったが、やってみると意外と早く終わったのだった。

ちょっとした達成感を抱きつつ、竹志は別のものに視線を移した。

「さて、次に使うのは……コレです」

そう言って、まな板の近くに引き寄せたのは、料理酒のボトルと、塩、そして片栗粉だった。

下処理を済ませた海老が積み重なったボウルに、それらを順番に投じていく。入れたら、混ぜ合わせる。

「これ、何やってるの？」

「まぁ見ててください」

丹念に、優しく、ボウルの中をかき回していく。するとボウルの底に水分が溜まっていった。片栗粉で白く染まった水分が。最初は白く、竹志がこねればこねるほど、だんだん灰色に染まっていった。

晶は、明らかに眉をひそめた。

「うわ、何これ……汚れ？」

「何もしないと、こんなに汚れてるものなんですよ。だからこうやって洗うんです」

「し、知らなかった……」

「びっくりしますよね。これを二、三回繰り返して……と」

「へぇ……だんだんきれいになっていくのね」

底に溜まる片栗粉がもう汚れた色に染まっていないことを確認して、竹志は海老の入ったボウルから手を離した。

「さて、じゃああとは野菜ですね」

晶との協議の結果、用意したのは数種類。サツマイモ、しいたけ、菜の花、そしてかき揚げにするためのタマネギとにんじん、三つ葉だ。

竹志は、晶が洗っておいた野菜をまな板の傍に寄せると、それらを次々刻んでいった。

しいたけは石づきを落として切れ目を入れ、菜の花は三等分に切り分け、さつまいもは輪切りに。海老の処理よりも遥かに素早く進んでいく作業に、晶は目を丸くしていた。

「……あ、皮剥《む》いておいてくれたんですね。ありがとうございます」

「ま、まぁこれくらいは……」

残りの野菜、タマネギとにんじんは、既に切るだけの状態で待っていた。

お礼に照れた晶にぺこりともう一度お辞儀をして、竹志はまな板の上にそれらを置いた。タマネギもにんじんもざっくり切って、そこから細切りにしていく。千切りよりは少し太いくらいだ。続いて三つ葉を刻み、タマネギ、にんじんと一緒にボウルに入れた。

「よし、じゃあ衣のタネを作ります」

その声が聞こえたのか、リビングから野保が顔を出した。作業の邪魔にならない隅に立って、調理台をじっと見ている。晶も、それよりは近くにいるものの、竹志から少し離れて見ている。いよいよクライマックスと言わんばかりに。

「そんなに手の込んだことはしないですよ。天ぷらが美味《おい》しく揚がるように調整された粉を使うだけですから。これがない頃は、主婦の皆さんは苦労なさってたみたいですけど……」

そう言いながら、竹志はボウルをキッチンスケールに置き、天ぷら粉をドバッと入れた。

レシピに書かれていたのは、天ぷら粉百グラムごとの分量。きっちりと数字を確認しながら、少しずつ足して、調整していく。

「うん、これくらい」

三百グラムを量ると、ボウルを下ろして、量り入れた粉の量に合わせた水を用意した。天ぷら粉に既に含まれているので、卵はいらない。

そしてもう一つ、小さな箱を手元に引き寄せた。

「この天ぷらの『美味《おい》しい秘密（はてな）』は、おそらくコレです」

晶の言っていた〝何もつけなくても美味《おい》しい〟の秘密《はてな》。竹志が示す、その答えは……

「『鶏ガラスープの素』？　何だね、それは？」

「中華風の料理の時に使う顆粒だしです。旨味が豊富で、これを入れるとスープもサラダのドレッシングも、すごく美味《おい》しくなるんですよ」

「……天ぷらも、ということか？」

「もちろん」

そう言うと、竹志は箱を開けた。中には小さじ一杯分ほどの分量に小分けされた袋がいくつか入っている。

レシピに書かれていた分量は『天ぷら粉百グラムにつき小さじ一と二分の一』。天ぷら粉は三百グラム入れたので、小さじ一と二分の一の三倍である四と二分の一杯分が必要ということだ。

箱の中から五袋を取り出して、ボウルの上で開ける。すると、白っぽい顆粒がさらさらと流れ落ちていった。水も入れて、ぐるぐるかき混ぜると、同じような乳白色の天ぷら粉と合わさり、すぐに溶け合っていった。けっこうな量を入れたように見えたのに、今はもう、その姿は見えなくなってしまった。

「さて、これで準備は完了です」

調理台の上には乳白色の衣のタネ、野菜、そしてたくさんの海老。それらを並べた後、竹志は揚げ物用の鍋を取り出した。そこへ油を大胆にドバドバ流し込んでいく。揚げ物用の網をつけたバットは用意済みだ。

竹志がコンロに火を点けると、晶も野保も、少し離れた位置に立ちながら、同時に鍋を覗くような仕草を見せた。竹志は、笑いを堪《こら》えるのに苦労した。

「そういえば、揚げるところはあんまり見たことないかも」

「良い香りがしていたのは覚えているがな」

口々にそう言い、熱気が強くなっていく鍋を覗き込んでいる。そんな二人の間を割って、竹志が衣の入ったボウルを持ってきた。菜箸の先をほんの少し浸し、油の鍋の上にぽとりとしずくを垂らす。

しずくは塊になって沈んだ……かと思うと、途中から浮かび上がってきた。

「うん、もういいですね」

竹志は衣のボウルを脇に置き、海老を手にした。尻尾を持って、身の部分をゆったり衣にくぐらせると、そっと油に沈めた。

ずっしりとした海老の体は油に沈み、そしてすぐに大きな泡を伴って浮かび上がってきた。大きな車エビが泡で覆い尽くされ、激しい音を上げている様は圧巻だ。

泡の奥に眠っている海老を、竹志は真剣に見つめている。じっと鍋の様子を観察し、色、泡の様子、油の音……色々なことを感じ取るため、五感を研ぎ澄ませる。

やがて油の泡が小さくなり、海老の姿が見えるようになってくると、竹志は再び菜箸を構えた。そして、そっとすくい上げるように海老を掴み、バットに置いた。

そこには淡いきつね色の衣を纏《まと》った、どっしりした海老天が横たわっていた。

竹志はほくほくと湯気の上るそれを、バットごと晶に差し出した。

「味見、お願いします」

竹志の視線を受け、晶は食器棚からナイフを取り出した。もう片方の手に箸を握ると、おもむろに海老天を二つに切り分けた。衣の中からはふっくら白い身が見える。真っ白な身からは、衣から出る以上の湯気が上る。

「お父さんも、どうぞ」

「……そうか」

野保は少し戸惑ったが、箸を取り、竹志の横に立った。海老天の載ったバットを挟んで、野保と晶の二人が同時に箸を伸ばし、そして同時に一口かじった。

サクッという音が、竹志の耳にも聞こえてきた。衣と身、両方を噛みしめたらしい二人は、同時に目を見開いた。

「美味《おい》しい！」

「美味《うま》い！」

二人は、これまた同時に残っていたもう一口分を口に放り込む。サクサクと小気味良い咀嚼《そしゃく》音が聞こえてきたかと思うと、野保も晶も、同時に大きく頷《うなず》いた。

「これ！　この味！　何もつけなくてもなんだかしょっぱくて美味《おい》しいの！」

「そうか。衣に工夫がしてあったんだな」

普段は会話の少ない二人が、顔を見合わせて語っていた。なんだか、『美味《おい》しい』の言葉以上に、嬉しかった。

「良かった！　残りもすぐに揚げますね」

竹志は、微笑《ほほえ》ましいと思っているのを悟られないように、鍋一点を見つめて、残りの天ぷらに取りかかった。

海老をすべて揚げて、次にサツマイモ、しいたけ、菜の花などの野菜を順番に揚げていき、それが終わると、かき揚げにかかった。残ったタネの中にタマネギなどを入れて混ぜ、それをお玉ですくって揚げる。人数分のかき揚げが、他と同じように油の海にふわりと広がるように沈む。具材とタネ、そして泡が合わさって鍋いっぱいに広がる様が、まるで大輪の花を咲かせているように見える。

徐々に泡が引いていき、ひっくり返すと、淡いきつね色を帯びてきて……菜箸ですくうように持ち上げ、そっとバットに置いた。バットの上には、既に揚がった天ぷらたちが所狭しと並んでいる。

「お待たせしました！　天ぷらの盛り合わせです！」

◆

サクッ、サクッ、サクッ……そんな軽やかな音が、食卓に響いた。

作った人間の権利として、海老を一尾、竹志が試食している。無言でサクサクむしゃむしゃ、ほっぺたを膨らませて頬張る竹志を、野保と晶はじっと見つめていた。

果たして、竹志の第一声は……

「美味《おい》しいです！」

満面の笑みで叫ぶ竹志を見て、野保も晶も、胸を撫で下ろしていた。

「良かった……やっぱりお母さんのレシピは、家族以外の人にも喜んでもらえるのね。まぁ作ったのあなただけど」

「当然です！　コレお店出せますよ……まぁ作った本人ですけど」

竹志が照れくさそうに笑うと、晶はつられて笑った。

「うーん、でもこれほどご飯が進みそうな天ぷらも初めてです。これを考えた奥さんは、本当にすごいですね」

「……そうかな」

一瞬、戸惑いを浮かべた野保は、すぐにふわりと表情を和らげた。

「はい。家族皆が楽しめるようになって考えられてて。なんていうか……優しさでいっぱいですね」

竹志がそう言うと、ふわりと空気が変わった。野保も晶も、どこか俯《うつむ》き加減になって、箸が止まってしまった。

竹志までが、思わず箸を置いた。

「あの……すみません、僕、いけないことを言ってしまったんでしょうか……？」

「いや、そうではない。君は気にする必要はないんだ。ただちょっと……感じ入っていたというかな……」

言葉の意味をすべて汲み取ることができず、竹志はもう少し、言葉を待ってみた。すると、晶がその言葉を継いだ。

「最初からじゃないの。お母さんが、こんなふうに工夫していたのは」

「じゃあ、いつから……？」

「私が子供の頃からずっと、色々工夫はしていたわ。でもノートにびっしり埋めるくらい一生懸命になり始めたのは……抗がん剤治療を始めてから」

竹志は、思わず声をのみ込んだ。そして母から、うっすら聞いていたことを思い出した。野保の妻はがんで亡くなっていたと。

　そして伝え聞いて知り得る限りの、抗がん剤治療のつらさも。

「薬の投与が始まってから、味が変わったって言ってた。前まで美味《おい》しかったものが美味《おい》しくなくなったって」

「それは……つらいですね」

　月並みかそれ以下の言葉だとわかっていた。だが、それ以上の言葉が咄嗟《とっさ》に出てこなかった。自分の語彙《ごい》のなさを悔やんだが、幸い、野保にも晶にも、それを気にする素振りはなかった。

　晶は、どうしてかそれからふわりと笑ったのだ。

「つらかっただろうけどね、ある日言ったのよ。『せっかくだから、楽しんじゃおう』って」

「楽しんじゃおう……ですか？」

　それを聞いた野保までが、くすくすと笑い始めた。珍しいことだ。

「お母さんたらね、美味《おい》しいものを新しく発見するんだって息巻いてた。ついでに三人とも美味《おい》しいと思えるものがいいって。それまで以上に、試行錯誤してたわ」

「色々作ってたな……創作料理も、ネットで調べたレシピも、レトルトやインスタントまで何でも試して、美味《うま》かったら『採用』と叫んでいたな」

「そうそう。『採用』が聞けると、何かホッとしたわ」

竹志は、写真でしか野保の妻を、晶の母を見たことはない。だが二人の話を聞いていると、不思議とその光景が見えるようだった。まるで今、目の前で繰り広げられているかのように、自分までがそこに加わっているみたいな錯覚を覚えた。

「ああ、そういえば天ぷらの時は突飛なこと言ってたわね」

「突飛なことですか？」

「『そうだ。明日はカレーにしましょう』だって」

それを聞いて、竹志はピタリと動きを止めた。

驚きのあまり言葉をなくしたと受け取ったのか、晶はたまらず笑い出した。

「私たちもびっくりしたわ。普通天ぷらの次の日って天丼とかよね」

「え……ああ、そうですよね。なんていうか……発想がユニークですね」

「結局、その時の思いつきが何だったのかはわからないんだがなぁ……そうだ。ついでに明日はカレーにするかな」

「え」

竹志はまた、ぴくんと動きを止めてしまった。

「お父さん、今からカレー作らせる気？　材料もないわよ」

「そうなのか？」

野保が向ける瞳が、どこか寂しそうに見えた。本当に、このまま妻のカレーを再現したいのだろう。

竹志は、その視線が心苦しかった。

「えっと……今日これから他の作り置きも作るんですけど、カレーの材料は……ルーも、買ってないですし」

「そうか。残念だな」

「すみません……」

「今日は私が突然天ぷらって言い出したんだから、仕方ないわ」

竹志は心苦しい気持ちと、安堵の気持ちと、両方を同時に抱いた。無理を言ったと思っているのか、野保もまた申し訳なさそうな顔をしている。

重くなった空気を振り払うように、竹志は別の話題を持ち出した。

「えーと……じゃあそもそもどうして、ストレスが溜まったら天ぷら、なんですか？」

「何で……何でだろう？　なんかいつもそうだったから……？」

晶は首をかしげてしばらく考え込んでいた。だが、うんと頷《うなず》いて、呟《つぶや》くように言った。

「……昔から天ぷらだったのよ」

「え？」

呟《つぶや》くような、音が空気に溶け出たような声だった。晶は、先を続けようか逡巡した後、話しはじめた。

「ああ、そうだわ。小学生の時、マラソン大会で一位になれそうだったのに、ゴール直前で転んで……結局は五位。すっごく悔しかった」

晶の声音が、相当な屈辱だったことを物語っていた。

「その日の夕飯が、天ぷらだった。お母さんは、頑張ったから大好物を作ってくれようとしただけなんだろうけど……私はなんだか特別に思えたのよね。それで私が喜んだからか、お母さんも特別な日にはいつも天ぷらを作ってくれるようになったんだった。勝って嬉しくても、負けて悔しくても、お母さんの天ぷらが迎えてくれた……そのうちお母さんが、より美味《おい》しく食べられるようにって色々改良してくれて、あのレシピになったのよ」

「……だから、悔しい時は無性に天ぷらが食べたくなるってことですね」

「そういうこと。まるでパブロフの犬ね。もやもやしてても、あの味とサクッとした食感があると自然とスッキリしてるって……」

晶がそう言って苦笑していると、横からサクッと小気味良い音がした。そして、静かに言った。

「いいじゃないか、パブロフの犬上等だ」

「は？」

野保の言った言葉の意味を図りかねてか、晶の眉尻が吊り上がるものの、野保は気にせず咀嚼《そしゃく》を続ける。

「お前のもやもや解消のメカニズムがわかっていい。天ぷらさえ食べればそれでももやもやした気分がリセットできるならシンプルでいいじゃないか。ついでに私も美味《うま》いものが食える。一挙両得、良いことずくめだ。違うか？」

そう言って、野保は何食わぬ顔をして、天ぷらをひょいともう一つ、かじった。

その様子を見ながら晶は笑うでもなく、怒るでもなく、曖昧な表情を浮かべた。どう答えたらいいか、わからないのだろう。だけど少なくとも、気分を害した様子ではなかった。むしろその逆といえる。相手が父親であるから、素直に喜べないだけで……

「ま、まぁ……そういうことにしときましょうか」

晶の口からこんな言葉が聞けた。いつもと比べたら随分と素直な言葉だ。もしかしたら機嫌が良いのかもしれない。

そして、野保も晶も、二人ともこんなに機嫌が良くなったのは、この天ぷらの魔法なのだろうか、と竹志はふと思ったのだった。

四品目　イワシの変身

　週に二日、竹志は野保家を訪れる。買い出しに、リビングや水回りの掃除、洗濯、洗濯物たたみ、時には手つかずになっていた部屋の埃《ほこり》落とし、そして数日分の料理の作り置き……これがいつもの作業だ。いつものことであるというのに……

「ふぅ……」

　いつもと違って、今日はやけに疲れる。

(この頃レポート提出が重なって、寝不足気味だからかな)

　少し息を切らしながら、何とか廊下の掃除を終えると、竹志は思わず座り込んでしまった。

「ご苦労さん。ちょっとこっちで休憩しなさい」

　気付くと野保が、リビングから手招きしていた。

　野保はいつも、リビングでのんびりとソファに座って、竹志がまめまめしく動き回る様子を見ていた。今日もそうだ。

「いえ、まだ他の場所の掃除が……」

「いいから。適度に休憩したほうが効率が良いんだぞ」

竹志は少し迷ったものの、その言葉に甘えて、ソファに座った。すると、向かいに腰を下ろしている野保がふいに呟《つぶや》いた。

「君は、本当に家事が上手なんだな」

竹志は急な褒め言葉に戸惑って、照れくささと恥ずかしさが混じった笑みを浮かべた。

「家事は……小さい頃からやってましたから。うちは両親が共働きだったから」

「そうらしいな。じゃあ君に掃除やら料理やらを教えたのは誰何だ？」

「大半は近所の人に教わりました。習字の先生で、友達のおばあさんだったのもあって、放課後よく面倒見てもらってたんです。僕は『ばあちゃん先生』って呼んでました」

「そうか。その方とは、今も交流があるのか？」

「いいえ、僕たちが中学生の時に亡くなりました。でもその友達とは今もよく会います。大学も同じなんですよ」

「そうか。それはさぞ喜んでおられることだろう」

穏やかにそう言ってもらい、竹志はなんだか嬉しくなった。妙に照れくさく、むずがゆい気持ちだ。

「そうだといいですね。でも、たぶん喜んでくれてます。僕たちが遊んでる様子を、いつもニコニコして見てくれてたので」

「そうか……優しい方だったんだな。君の働きぶりを見ていると、よくわかるよ」

「僕のことはわからないですけど、ばあちゃん先生は良い人でした。本当のばあちゃんみたいで」

野保はその言葉に、穏やかにうんうんと頷《うなず》き、同時に何かを考えていた。

「しかし、そうか……家事については小学生くらいから鍛えられていたんだな。若いのにもう立派なベテランというわけだ」

「小学生……そうですね。ばあちゃん先生に教わり始めたのはそれくらいです。でも……その前にも簡単なことは教わっていたので」

「その前？」

竹志は少しだけ、しまった、と思っていた。だが純粋に次の言葉を待つ野保の顔を見ると、続けないわけにはいかなかった。

「えーと……父が基礎を教えてくれたんです」

竹志がほんの少し視線を逸らしていうと、野保は優しい声音で言った。

「そうか。こんなに上手にこなすんだ。お父さんも、さぞ誇らしいだろう」

竹志は、笑って返事しようと思っていた。だが、どうしてか、できなかった。

野保のほうも、その様子を怪訝《けげん》に思ったのか、目を瞬《またた》かせている。

「そう……だと、いいんですけど」

そう、曖昧な言葉を呟《つぶや》いて、竹志は再び立ち上がった。

「よし、休憩終わり！　仕事に戻りますね」

そう言うと、竹志は踵を返した。ちらりと野保を見やると、竹志の突然の反応に戸惑っているようだった。だけど仕方がない。仕事が残っているのは本当なのだ。

まだリビングの掃除機がけが残っている。その後床を拭き、取り込んでおいた洗濯物をたたんで……やることはたくさんある。

「……ふぅ」

深呼吸をして掃除機を手にした、その時、インターホンが鳴った。竹志は野保の視線を振り切るように、玄関に向かった。

◆

訪問者は宅配業者だった。受け取ったのは、引っ越しに使うような大きな段ボール箱で、想像以上に重かった。竹志は腕力の限界に挑む気持ちで、よろよろしながらリビングへ運んだ。

その姿にぎょっとした野保は、手伝おうと駆け寄ったが、竹志は断った。あまりに重すぎて、野保に持たせるわけにはいかないと思ったのだ。

そーっと、努めてやんわり、リビングのローテーブルに段ボールを置こうとしたのだが……次の瞬間、足下がふらついた。

そして、ドスンッと重量感の伝わる音が響いた。

「す、すみません！」

「気にするな。それより君は大丈夫なのか？」

「はい。でも荷物が……」

野保はそれにも「いいから」と言って、荷物の伝票をちらりと見た。そこに書かれた送り主の名前を確認して、さらにため息をついた。

「すまんな、重かったろう……この人の宅配便はいつも大荷物なんだ」

伝票に書かれていた名前だけで、野保は何が入っているのかを察していた。

箱を開けてみると、納得した。段ボール箱の中には、ぎっしりと缶詰が詰まっていた。缶詰以外に入っていたものといえば、手紙だけだ。

野保はその手紙も、ため息交じりに読んでいた。

「すごいですね、こんなに缶詰ばっかり……」

「親戚なんだ。妻が亡くなってから、時々こうして送ってくれる。私の食生活がそりゃあ酷いものに違いないと思い込んでいるのか、魚の缶詰ばかりな」

「野菜とかは？」

「私が料理なんかできないと知っているから、生鮮食品は送ってこない。日持ちする缶詰ばかりだ」

先ほどから続くため息の理由も納得できた。どれもこれもイワシの缶詰ばかりだった。それも薄味の水煮缶ばかり。

これでも送り主は気を遣ったほうなのだろう。確かに肉ばかり食べているよりは健康的かもしれないが、極端すぎると言わざるを得ない。

「うーん、缶詰尽くしにしたって、今はもうちょっと色んなものがあるのになぁ」

「本当にな。それに、実を言うと、イワシは少し苦手で……毎回、食べ尽くすのに苦労するんだ。だが貰っておいて注文をつけるわけにもいかんしな」

「……え？　全部食べてるんですか？」

「当たり前だろう。貰い物なんだから、優先して食べている」

これだけの量を、しかも苦手であるというのに、律儀に全部食べている。そのことに、驚愕していた。

そしてこんなに驚く竹志に、野保が驚いていた。

「何だ？　そんなに可笑《おか》しいか？」

「いえ、なんていうか……すごいなぁって」

「何だ、それは？」

どうやら野保自身には自覚がないらしい。

それにしても、毎回律儀に食べ終わるから、その親戚も気に入ったのだと思って何度も送ってくるんじゃないだろうか……と、竹志は思ったが、口にはしなかった。

「すまんが、当分はこのイワシ缶をメインに料理してくれるか。メニューは任せるから」

「了解です」

野保の辟易とした顔を見て、竹志もまた苦笑いが浮かんだ。

悠々自適な退職後の生活を送っていると思っていたのだが、実情は、案外そうでもないらしい。

台所に運ぼうと、再びずっしりとした段ボールを持ってフラフラ歩いていると、急に玄関の戸が開く音がした。誰か考えなくても、音の主はわかった。入ってすぐに、ひょこっと顔を出したからだ。

「ただいま」

ちょっとだけ仏頂面で、晶はそう言った。だが言うなり、顔色を変えていた。

「ちょっとどうしたの!?」

慌てて近寄って、段ボールを持つのを手伝ってくれた。箱の重量に負けそうな竹志の顔が、よほど危険に見えたらしい。片側を持ってもらえたことで、負担が減った竹志は息をついた。

「助かりました。ありがとうございます」

「こんな重いもの、男の子でも一人で持つことないでしょ」

「いえ、だからといって野保さんに手伝わせるのは、ちょっと……」

「いいのよ。どうせお父さんに送られてきたものでしょ」

「あの……野保さんは持とうとしてくれたけど、僕が断ったんですよ」

「わかってるから、どこに持っていくの？　私だって早く下ろしたいのよ！」

「すみません、台所です！」

二人は、蟹みたいにひょこひょこ横歩きで台所まで荷物を運んだ。ようやく重量から解放された瞬間、二人とも老人のように腰をさすっていた。

「はぁ～何これ？　何が入ってるの？」

「缶詰でした。それも箱いっぱい」

「ああ……なるほど、あの人ね……うわ、イワシばっかり」

晶は箱の中身を見て、思い切り顔をしかめていた。

「もしかして……イワシ、苦手なんですか？」

「うん。なんかパサパサしてるし、お腹いっぱいにならないし……肉のほうがいい。でも体には良いから我慢しないといけないし……」

いかにもエネルギッシュな晶らしい返答だと思った。それと……やっぱり親子で好みが似ている、とも。

「……何？」

何も言わずにいる竹志を不審に思ったのか、晶が怪訝《けげん》な顔を向けてきた。

「な、何でもないです。えーと……晶さん、健康とか気をつけてそうに見えるから、イワシみたいなヘルシーなものが嫌いって意外だなと思って……やっぱり、すごいですね」

「は？　何が？」

晶は、何故か急に慌て出した。

「なんていうか……やっぱり大人なんだなって」

「……好き嫌いなく食べるのが？」

「それもですけど、考え方かな。必要なことややらなきゃいけないことをきちんとやりきって、そのために色々してるところが」

「大袈裟でしょ。イワシを食べるかどうかってだけで」

「イワシだけじゃないですよ。この前の天ぷらの時だって、急な無茶振りの仕事だったのに二日徹夜してまでやり遂げてたって言ってたじゃないですか」

「急に何？　イワシと仕事を並べられても……」

晶は、頑なに竹志の言葉を認めようとしない。竹志もまた、少し強めに言ってみた。

「いやだから、そういう姿勢がカッコいいなぁと思って」

心からの尊敬の念を込めて竹志がそう言うと、晶は急にそっぽ向いてしまった。だが、竹志はなおも続けた。

「どんなにつらくても、嫌でも、自分がやらなきゃいけないことや必要なことを一生懸命こなすって、すごくカッコいいです。僕、初めて会った時からそう思ってました」

「な……何言ってんの、もう！」

晶はそっぽを向いたまま、缶詰を棚に移し始めた。話の逸らし方が下手な点も、ご愛敬だと思う。

そんな晶の顔を見ていると、さらに頭がぼんやりして、なんだかクラクラしてくる……

ぼやける視界で晶を眺めていると、厳しい視線が飛んできた。

「もう……ぼーっとしてないで、あなたも棚に入れるの手伝って……って、どうしたの？」

竹志を見る晶の目が、照れから焦りに変わった。どうしてか、わからなかった。どうしてだろうと考えるより先に、晶の手が竹志の顔まで伸びてきた。すると、少しひんやりした手がぴたっと額に触れた。

「ひゃっ……!」

「熱あるじゃない」

「……へ?」

晶は立ち上がるなり、走っていった。竹志が驚くよりも先に、いなくなってしまった。

「ちょっとお父さん! どこ? 泉くんが大変!」

バタバタという荒々しい足音を、ぼんやりしながら遠くのことのように聞いていた。

(ああ、野保さんは書斎に……そんなことより、さっきのひんやりは良かったなぁ……もう一回、やってほしいな……なんか、熱い……)

そんな暢気《のんき》なことを考えながら、竹志は徐々に重くなっていく体を棚に預けてぼんやりしていた。

◆

「三十八度二分……ね」

体温計を見て、晶が言った。ふらつくような熱も、数字にするとどこか落ち着く。竹志はそうなのだが、野保と晶は逆だったようだ。

二人して、リビングのソファに寝転んで毛布でぐるぐる巻きになっている竹志を見て、あたふたしていた。その様子を見ていると、なんだか申し訳ない気持ちに駆られた。

「すみません……」

「何で謝るのよ。熱くらい誰だって出すでしょ」

「こっちこそすまんな。寝室に運ぼうと思ったんだが、今シーツも布団も乾かしている最中で……」

もちろん、洗濯したのは竹志なので、誰よりも理解していた。

「大丈夫です。このソファ寝心地良いので……心配しないでください」

「そりゃあ……無理な話だな。とりあえず温かくして、水分をとりなさい」

「泉さんには私から連絡しておくからね」

「あ、あの……母さんは……」

母・麻耶は、今日は遅番のシフトだった。その上、会議や資料の整理なども重なって残業すると言っていた。そう言おうとしたが、熱でぼんやりした頭では、うまく言葉が出てこなかった。

そんな竹志を、晶が宥《なだ》めるようにぽんぽんと叩いた。

「わかってる。遅くなるんでしょ？　泉さんが家に帰る頃に送っていくから、あなたはそれまで寝てなさい」

「でも……料理とか、まだ……」

「いいから寝てなさい！」

晶の声は、まるで聞き分けのない子に言い聞かせるように厳しかった。見かねたのか、野保が間に割って入った。

「泉くん、そんなふらつく状態で台所に立たれたら、こちらも不安なんだ。今は寝てくれるほうが我々のためになると思って……な？」

「……はい」

野保の言うことには大人しく従ったのがちょっとだけ不満なのか、晶は憮然としている。

(今度、ちゃんと晶さん本人にお礼を言い直そう)

そう思っていると、ちらりと視界の端にノートが映った。あの、レシピノートだ。

「あの……大人しく寝てるので、このノート見ててもいいですか？」

「大人しくしてるなら、いいよ」

野保は小さな子供に言い聞かせるように、優しく言った。そして落とさないようにしっかりと竹志の手にノートを持たせた。

「じゃあ、私は買い物に行ってくる。冷却シートとかスポーツドリンクとか、全然ないし」

「ああ、頼んだ」

大人しくソファに埋もれることにした竹志を見て、野保も晶もテキパキと動き始めた。

今のキリッとした顔と、先ほどのイワシを見て嫌そうに眉を寄せていた顔……並べて思い浮かべると、可笑《おか》しかった。だが今は、笑う余裕はなかった。

竹志は鉛のように重い頭のまま、ノートのページをめくっていった。

このノートは、野保や晶が好きなメニューが多いが、そればかりではないらしい。厳密には、「好きではないが食べられるように工夫した」と書かれたメニューも含まれている。

(イワシについても、何かないかな)

そう思ってめくっていた手が、あるページで止まった。

「これだ」

そのページに書かれていたのは、『イワシのハンバーグ』。まさしく今、求めていたレシピだ。妙にウキウキした気分で内容を見ていくと……少し、がっかりしてしまった。

予想通りとはいえ、また『?・?・?』があったのだ。それも、今回は二つも。

そこには、こう書かれていた。


『ないない尽くしのイワシがあるある尽くしに変身! このレシピの美味《おい》しい秘密（はてな）は、何でしょう?』


料理に詳しくない野保と晶が、こんな『?・?・?』を二つも解けるとは到底思えなかった。たまに厳しすぎると思う時がある。

「……今回ばかりは、出てきて教えてくれないかな……」

今の竹志には、謎を解く余裕などなかった。余裕がないとホラーなことまで平気で考えてしまうから不思議だ。

呟《つぶや》いた竹志の言葉を、野保が不思議そうに聞き返した。

「何のことだ?」

「野保さん……このレシピ、どうでしょう?」

開いたページを見せると、野保の顔は、柔らかく綻《ほころ》んだ。

「ああ、このハンバーグか」

「美味《おい》しいんですか？」

「もちろん。ふんわりもちもちしていて、食べ応えがあって、味もガツンとくるものがあった。肉じゃなくイワシで作ったと後から聞かされて、驚いたもんだ。治ったら、これを作ってくれるのか？」

「……努力します」

遠回しに、今はやめておけと釘を刺されたようで、竹志は苦笑いをこぼした。

「あの……そもそも、何でイワシが苦手なんですか？」

「うん？　そりゃあ小さいし、味気ないからな。それに、私は魚全般が苦手なんだ。生臭さが、ちょっとな」

「味気ない……生臭い……」

晶が言った理由と、似ているようで少し違う答えだ。晶は、確かボリュームが足りないといったことを言っていた。

だが野保の口ぶりからすると、このレシピは……野保の妻は、そういった不満点を解消することに成功していたのだろう。

（いったい、どうやって……？）

味気ない、物足りない、そして生臭くて、好きじゃない……確かに〝ないない尽くし〟だ。これらを一気に解消して、〝あるある尽くし〟に変えられるレシピとは……

竹志は何かを思い出そうとしていた。この『???』の答えを、知っている気がしたのだ。昔食べたことのあるものの中に、その答えがある。そんな気がしていた。

(何だっけ……たぶん、父さんの料理で……)

そう、思考を巡らせているうち、頭の中がぐるぐる回って、まるで水底《みなそこ》にひきずり込まれるように、沈んでいった。

◆

——竹志
そう、名前を呼ぶ声は、とても穏やかで温かな声だった。竹志は考えるよりも先に、その声の主を呼んでいた。

「父さん……!」

目を開けると、そこには父がいた。スーツの上にエプロンを着けて、フライパンと菜箸を握っている。仕事から帰ってきてすぐに台所に立つ。そんな、いつかの日のような……いや、いつも通りの姿で、立っていたのだ。

「お腹すいたろ? すぐに夕飯にしような」

母はシフトの関係から帰宅の時間がバラバラだった。逆に父は会社勤めで、帰る時間はほぼ決まっている。父と母は、家事の分担をよく話し合って決めていたことを覚えている。

そして竹志は、父が夕飯を作ってくれる日をこっそり楽しみにしていた。父が作ってくれたほうが、美味《おい》しいのだ。

「ご飯、何?」

そう聞こうとしたが、何故かできなかった。その代わりに、竹志の傍を通り抜けていく人物が、尋ねた。

「父さん、ご飯何⁉」

「今日はイワシだぞ」

父の傍にいるのは、竹志だった。だが、小学生の姿をしている。父と離ればなれになった当時の、竹志だった。

父を見つめる竹志を置いて、二人の会話は続いていく。

「えー、イワシ嫌いだよ。美味《おい》しくない」

「そうか？　どんな味にでもなれると思うぞ」

「それになんか匂いも嫌だ」

「臭みも味になるんだぞ？」

「なんか……量が足りないし」

「そんなの、材料次第だ」

そう言うと、父は準備していた材料を刻んで、混ぜて、こねて……熱々のフライパンに並べていった。じゅわっという威勢のいい音が耳から全身を駆け巡って、わくわくが止まらなかったことを、思い出した。

(そうだ。父さんはよく、こんなふうに作ってくれていた。それを横から見ているのは、すごく楽しかったな)

この光景は、いつかの日のものだ。父の料理するところを間近で見つめていた、たくさんの日々のうちの、どれかだ。あの日までは、何度もあった。それから先だって、同じように魔法のような手元を見ていられるのだと、思っていたのだ。

中学生になっても、高校生になっても、大学生になっても、大人になっても、ずっと。

「父さん……！」

これは夢なのだと、ふわりと気付いた。

だってこんなにも悲しくて泣いているはずなのに、頬は少しも濡れていない。だから、父には手が届かないのだ。

「竹志」

ふいに、父が優しく名を呼んだ。

竹志がふと顔を上げると、父の視線とぶつかった。今の竹志を、見ていた。

そして、あの頃と同じように大きな手をこちらに向けて差し出した。

「ほら、一緒に作ろう」

「………うん！」

これは夢だ。竹志はそう思っていたのに、父の隣に立つと果たして夢なのかどうか、わからなくなった。

だって今、目の前に父がいて、あの頃と同じ手つきで同じ笑顔で、料理を作っているのだから。

（ああ……そうか。これを使えばイワシが美味《おい》しくなるんだっけ）

このまま夢が覚めなければいいと思った。

同時に、早く目覚めなければとも思った。

父が目の前で見せてくれたこと、それこそがあのレシピの『？・？・？・』の答えなのだと、竹志は確信していた。

◆

毛布にくるまれて眠る竹志の顔を、野保はじっと眺めていた。ようやく苦しそうな息が収まったと思って安心したら、消え入りそうな声が聞こえた。

「父さん……」

熱にうかされて眠る竹志のうわごとだった。

先ほど額に当てた濡れタオルが、もうぬるくなっている。晶が買い物から戻ってきたら冷却シートを貼ってやるとして、今は水で濡らしたタオルで急を凌《しの》いでいた。

野保がそっとタオルを剥がすと、真っ赤で汗ばんだ顔が見えた。

「やれやれ、熱にも気付かないとは、やはり子供だな」

タオルを持って台所に行き、水で濡らし直した。すると、ピカピカのシンクが目に入る。竹志が磨いてくれたシンクだ。

初めてきた時から、泉竹志という子は明るく賢く、そして親切だった。妻が亡くなった後、どう手をつけていいかわからなかったこの家を、あっという間に救ってくれた。それも笑顔で、文句一つなく。

だから忘れていた。彼もまだ、十代の若者だということを。

十代の若者にしてはあまりにも奉仕精神に富んでいて、自分よりも他人を優先してしまうところがあることには気付いていたつもりだった。だがこんな事態になるとは、油断していたと言わざるを得ない。

「親御さんに申し訳が立たんな」

ため息と共に呟《つぶや》くと、それをかき消すように玄関から音がした。晶が帰ってきたらしい。

ビニール袋のガサガサという音を鳴らしながら台所に入ってきた晶の両手には、普段の買い物では使わないような大きな袋がいくつもぶら下がっていた。

「お前……いったい何買ってきたんだ」

「色々！　この家にあるものって、使えるかどうかわからないじゃない。だから買い足す意味もあって、多めに買ってきたの」

それにしても、スポーツドリンク十本は多すぎるだろう……と、野保は思ったが、口には出さずにおいた。自分たちが諍《いさか》いをしている場合ではないのだ。

ひとまずすぐに必要そうなものをより分けた。冷却シート、飲み物、薬、レトルトのおかゆ……スポーツで使いそうなストロー付きのボトルまであった。

「随分、甲斐甲斐しいな」

「……病人の看病なんてよくわからないから。あと、いずれ介護にも使えるでしょ」

「余計なお世話だ」

「ふん」

晶はそっぽ向いて、さっさと飲み物をボトルに移していた。その時、ふと思い出したことがあった。

「なあ、あの子の面接をしたんだってな?」

「え? そりゃあね」

「その時、ご家庭のことを聞いたのか?」

「まぁね。ある程度は知ってたけど、一応本人の口からも聞いたわ。それがどうかした?」

「いや……彼のお父さんのことは、何か聞いたか?」

野保は、先ほど聞いた声が、どうにも耳について離れずにいたのだった。

「お父さん……泉さんの、亡くなった旦那さんのこと?」

やはり、と野保は思った。

竹志が母子家庭であることは聞いていた。最近は離婚も珍しくないのでさして気にしていなかった。ただ竹志が子供の頃から母親を支えて家事を引き受けてきた感心な男の子だということしか。死別だったとは、考えが及ばなかった。

竹志の様子を見ても、先ほどのうわごとでも、父親を恨んでいる様子はない。そして、忘れているわけでもないようだった。今でも、深く心に刻まれているのだと、わかった。

「私もあんまり詳しくは知らないけど、良い人だったみたいよ」

「そうだろうな」

「ただ、何年も前……あの子が小学生の時に事故で亡くなったんだって」

そうか、と小さく呟《つぶや》いた声は、晶には届かなかった。

野保は深く息を吐き出して、じっと視線を落としていた。

自分が竹志にかけた言葉を、思い出していた。

『お父さんも、さぞ誇らしいだろう』

考えなしにそんな言葉をかけてしまった。それに対して、竹志は何と返していたか。

『そう……だと、いいんですけど』

そう言って、曖昧な笑みを浮かべていた。

何と残酷な言葉をかけてしまったのか。後悔の念に、押しつぶされそうだった。

「何？　余計なこと言ったの？」

「……まぁな」

呆れたようにため息をついた晶に、野保は言い返せずにいた。

ただ黙って、冷却シートの箱を開けて一枚取り出した。

そんな沈黙が流れる中、どうしたことか、リビングから物音が聞こえた。慌てて駆け寄っていくと、大きな何かが床をずるずる這っている。息をのむ野保、小さく悲鳴を上げる晶、そして床を這うモノ……全員の視線が交わった。

「うん？　泉くんか？」

「……はい」

床を這っていたのは、竹志だった。まだ毛布を被ったままだったので、一見すると巨大な芋虫のようにも見えてしまう。

芋虫ではないとわかって安心した野保と晶は、ほっと息をついて、竹志のもとに駆け寄った。

「何か用事でもあったの？」

「何だ？　喉が渇いたか？」

二人が同時に尋ねるのに対して、竹志は小さく頭《かぶり》を振っていた。そして、荒い呼吸を繰り返しながらも、小刻みに震える指をすうっと持ち上げ、ある一点を指した。

「ハンバーグ……作りましょう」

竹志は、真っ赤な顔をしながら、息も絶え絶えに、確かにそう言った。

竹志が指さしたのは、台所。それも調理台だった。

「ハンバーグって……何言ってるの？」

「わかったんです。イワシのハンバーグの『？？？』が……今から作ります」

晶の呆れた声には、野保も頷《うなず》いていた。だが、肝心の竹志にはまったく効いていないようだ。野保と晶、二人がかりで抑えようとするが、できない。どうしてか、竹志は歩く元気はないくせにものすごい力で匍匐前進《ほふくぜんしん》を続けている。

「寝てなさいって言ったでしょうが」

「泉くん、そんな状態じゃとても料理なんかできんだろう。また今度お願いするから」

「……じゃあ、野保さんと晶さん、お願いします」

「は？」

野保と晶が、同時に素っ頓狂な声を発した。

二人が同時に竹志に視線を向けても、少しも怯まず、竹志は続けた。

「僕が指示を出しますから、二人が作ってください」

「いや、今度でいいんだが……？」

「ダメです。思いついた時に解消しないと。僕の考えが合ってたら、また何回でも作ってあげますから」

野保と晶は困ったように目を見合わせていた。今の竹志の様子は、とても引き下がるようには見えない。

しばらく唸った後、野保はしぶしぶ頷《うなず》いた。

「わかった。我々が作るから、指示をくれ」

「ちょっと、お父さん⁉」

竹志は、それまでの鬼気迫る面持ちがどこかへ吹き飛んだように、ニッコリと嬉しそうに笑った。

「ありがとうございます……！」

だが、やはり急に元気になるはずもない。安心して力が抜けてしまった。

「ほら、座ってるのもできるかどうか怪しいじゃない。やっぱり寝てたほうが……」

「作るんです……！」

「……わかったわかった」

結局、晶も折れた。

まだ、ずるずる毛布と体を引きずっていこうとする芋虫《たけし》の両脇を支えて、野保と晶は台所まで進んだ。

「えーと……ボウルと包丁と、まな板と、ビニール手袋。あと耐熱皿と、計量スプーンとそれから……」

「ま、待ってくれ。何だって？」

ぼんやりしている自覚がある竹志は、とにかく思いつくままに指示を口にしていた。指示を出している当人は、毛布でぐるぐる巻きにされて椅子に座らされている。芋虫から蓑虫《みのむし》に変わっているようだ。幸い、買い出しは済ませていたので、食材は十分にある。竹志は買い出し品や調味料の中から必要なものを指さしていく。

　そしてそんな竹志の指示を聞いている野保と晶は、てんてこ舞いになっているのだった。

「何で今、全部出しとく必要があるの？　必要になったら出せばいいじゃない」

「はぁ……これから準備をしてると……はぁ……手が汚れたり、置き場所がなくなっていくんです……だいいち、どこにあるか、よく……わかってないでしょう……はぁ、はぁ……手慣れた人なら、片付けながらできますけど……はぁ……お二人は……」

「わかったわかった。ほら、これで揃ったろう？」

　息も絶え絶えに正論をかまされて、野保は反論を諦めていた。

　竹志はフラフラしながらも何とか頷《うなず》き、準備が完了したことを告げた。そして、机に広げたレシピをじっと覗き込んだ。

「じゃあ……まず最初に……と、豆腐を……」

「豆腐か」

　野保が、積まれた材料の山の中から絹ごし豆腐のパックを引っ張り出した。

「それ……水抜きします」

「水……抜き？」

「……キッチンペーパーにくるんで、耐熱皿に載せて、レンジで三分チンします」

「え？　そんなんで水分が抜けるの？」

「……けっこう出ます」

野保も晶も、ほぅと感心しながら、指示に従った。耐熱皿にラップをかけて、電子レンジに入れると、早速次の指示が飛んできた。

「じゃあ……ボウルに、イワシ……入れてください」

「わかった。いくつ開ける？」

「……とりあえず、二缶くらい」

竹志は明らかに言葉少なになっている。あまり尋ね返してもつらそうだ。

野保も晶も、なるべく自力で取り組まねばと察して密かに頷《うなず》き合った。

そうして晶が思い切って蓋を開けると、缶の中では、捌いて缶の大きさに合わせてカットされたイワシの身が煮汁に浸かっていた。

「中の汁は別のボウルに取っておいてください。後でタレにします」

「わかった」

言われた通り、大きなボウルにイワシの身だけを入れ、汁は別のボウルに流し込んだ。

「じゃあ……潰します……マッシャーで……」

「マッシャーって？」

「潰す道具です……平べったい……穴が開いてて……」

「……これか？」

揃えていた道具の中から、野保がさらりと拾い上げた。先を越されたことが悔しいのか、晶はちょっと面白くなさそうだった。

なので、道具を見つけた野保が実行に移した。

「おお、けっこうすぐに潰れるもんだな」

ぎゅっとマッシャーを押し込むと、それまで魚の切り身の状態だったものがほぐれていく。あっという間に、ボウルの底に、細かくちぎれたほぐし身が出来上がった。

すると、ちょうどその時、電子レンジが終了の音を鳴らした。

晶が皿を取り出し、慎重にラップを剥がしていく。そして、水浸しになったキッチンペーパーの中から、少し体積の減った豆腐を取り出した。

「これをどうするの？」

「イワシの上に……入れてください」

言われるがまま、晶はそろそろと豆腐をボウルに投入した。竹志の視線を受けて、再び野保がマッシャーで崩して、混ぜた。

「い、今のが……一つ目の『？？？』ですよ……ふふふ」

またも、息も絶え絶えになりながら、竹志は自慢げに笑った。野保も晶も、心配そうに引きつった笑みを見せているのだということに、気付いていないようだ。

「お好み焼きと同じか。豆腐が入ることでふんわりボリュームが増すと？」

「そ……そうです。それで、混ざったら……パン粉と片栗粉を……はぁ、はぁ……」

「はいはい」

目がとろんとし始めている竹志に、晶が近寄って飲み物を飲ませてやった。

その間に、野保は言われた通りの材料を入れて、また混ぜた。茶色いほぐし身が、豆腐のおかげで白っぽくなり、さらにパン粉と片栗粉のおかげで粘り気が出て塊になった。

「ほ、本当は……タマネギとか、ネギとか、ゴボウとか入れるといいんですけど……今日は省略で」

ハンバーグに入れるならば、どれもみじん切りにしなくてはならない。それはさすがに、野保にも晶にもハードルが高すぎると判断したのだ。ぼんやりした中での英断といえた。

「じゃあ最後に味付けを……チューブのショウガと……あと、それを……」

傍についていた晶は、竹志の指さした先を目で追った。

竹志が指しているのは、レシピにはないものだった。

それこそが、もう一つの『？？？』なのだ。

それは……

「味噌？」

野保の声に、竹志は満足そうに頷《うなず》いた。

「しっかりした味がしますよ……こってりもしないし……味気ないって言ってたのが、きっと解消されます……この量なら……大さじ二杯くらいかな……」

「大さじ？　このスプーンで量るのか？」

竹志は頷《うなず》いたが、野保はなんだか怪訝《けげん》な顔をしていた。怪訝《けげん》、というよりも……億劫《おっくう》そうだった。

「だいたいじゃ、いかんのか？　ちょっと見た感じだと、千鶴子はいつも目分量だったぞ？」

「ダメです」

そう言った竹志は、目が据わっていた。

「野保さん……目分量っていうのは……経験があるから、できるんです。野保さんには、奥さんほどの経験が、あるんですか？」

「いや……ない。す、すまんかった」

野保は、心なしかびくびくしながら頭を下げ、改めて計量スプーンを手にした。一番大きなスプーンを取り、慎重に味噌を量っては入れていく。

その様子を見ていた晶が、横からチューブのショウガを入れた。野保と同様に、きちんと計量スプーンで量って。

一方の竹志は、二人がきちんと計量している様を見ると、にこやかな表情に戻った。

「よくできました」と褒めているような顔だ。

「はい、そうしたら……混ぜます」

いよいよ、と言わんばかりに竹志は頷《うなず》いた。何故か神妙な面持ちになりながら、野保はビニール手袋をはめた。

そろりとボウルに手を差し入れると、すんなりと受け入れられた。思っていた以上に柔らかだったのか、野保はその感触を何度も確かめていた。

「や、柔らかいな」

「そりゃ……そうですよ」

自分で柔らかくほぐしたというのに、野保は目を丸くしている。その姿がなんだか可笑《おか》しくて、竹志は思わず笑ってしまった。

だが野保は、笑われていることに気付く余裕はないようだ。

「よし」

野保が思い切ってタネに手を差し込み、ぎゅっと大きく握りしめる。

「そうじゃなくて……もっとこう……底からひっくり返して」

「底から……？　こうか？」

野保はおずおずと、底から全部持ち上げて、混ぜ返した。さながら餅つきの返し手のような手つきだった。数度やると感覚がつかめてきたのか、動きはより力強く、大胆かつ機敏になっていった。

そして野保の動きにつれて、イワシと豆腐と調味料でまだら模様になっていたボウルの中身が、徐々に馴染んで一つの色へと変わっていく。茶色だったり、白だったりしたボウルの中は、今は全体的に亜麻色にほぼ染まっていた。

「もう……大丈夫です。あとは、それを……手に取って」

「こ、こうか？」

「そうです……で、ボールみたいに丸ーくこねてみてください」

気付けば、いつの間にか晶も手袋をつけて、手にタネを取っている。親子二人、同じくらい大胆にタネを取って慎重にタネをまん丸くなるよう調整していた。その面持ちが二人とも真剣で、そっくりに見えた。

「……はい。できたら、それを平べったく潰します。あ、両手でキャッチボールすると、良い感じに空気が抜けますよ」

その説明に、野保も晶も、またしても顔を見合わせていた。初心者にはハードルが高かった。二人は竹志に何度もジェスチャーで確認しながら、何とかかんとか、言われたことをやってみせた。

片方の手からもう片方の手へ、次は逆のほうへ。少し強めに、叩きつけるように何度かラリーを続けた。それをボウル一杯分、全部。

調理台の上に置いていた大きめの皿はあっという間に、よく見かけるような楕円形のハンバーグのタネで埋め尽くされた。その色は、鮮やかな赤ではなく、少しくすんだ亜麻色。今のところ食欲をそそるような色合いではない。

だが弾力は肉で作ったものとなんら遜色なく、タネに混ぜ込んだ調味料たちが織りなす香りが、火を入れる前から鼻孔を刺激してくる。

「じゃあ……フライパンを用意して、焼きましょう……！」

たっぷり油を引いて、片面をしっかり焼く。肉で作った時よりも少し崩れやすいので、しっかりと固まってから、ひっくり返す。そこからは蓋をして、じっくり焼く。

蓋の内から、じゅうじゅうと少し籠もった、だけど威勢の良い唸り声が聞こえてくる。同時に、こんがりと焼ける香ばしい香りも溢れ出てきた。

台所で焼き上がりを待つ三人ともが、すんすんと香りを嗅いでいたその時、けたたましい音が鳴った。焼き上がりの目安に設定していたキッチンタイマーだ。

これが鳴ったということは、蓋を取っていいということだ。野保が立ち上がり、おそるおそる蓋に手をかけた。

「あ、開けるぞ」

「ど、どうぞ」

野保がもう一度頷《うなず》き、一気に蓋を取り去った。真っ白な熱気が勢い良く飛び出した。一瞬、顔をしかめた野保だったが、熱気が収まってもう一度フライパンを覗き込むと、その表情は一変した。

「おお、見てみろ」

晶を手招きして、中を指している。しぶしぶ従った晶は、中を覗き込んだ瞬間、野保と同じように表情を変えた。

「うそ……」

二人が驚いたのも無理はない。真っ白な蒸気の向こう側……フライパンの中には、こんがりとした焼き目のついた、ふんわり膨らんだハンバーグが並んでいた。

今までフライパンの前に張り付いたことすらなかった二人が作った、まごうことなき力作が、そこに鎮座していたのだ。

「で、できちゃった……」

「あの……お皿にあけてください……焦げますよ……」

か細い声で指摘を受け、野保も晶も慌ててハンバーグを皿に取り出した。改めて、感慨深そうに眺める……余裕もないまま、竹志が次の指示を出す。

「じゃあ、最後に……そのフライパンで……タレを……」

「ま、まだ作るの？」
「レシピには……タレまで書いてあります……！」
竹志の顔色は、いよいよ血の気をなくしているように見えた。先ほど少し良くなったかのように見えたが、やはり起き上がってあれこれ考えていたのが良くなかったのか。
だが、当の竹志本人が、顔色とは正反対の鋭い視線で二人を見ていた。手出し無用
と言いたげなその視線を受けて、野保は呆れていた。
「わかった。これが最後なんだな。何をすればいい？」
「はぁ、はぁ……さっきよけておいた汁を……フライパンに……」
「はいはい」
言われるがまま、野保は別の小さなボウルの中身をフライパンに投入した。あまり
に大胆に流し入れたものだから、まだ熱々のフライパンがじゅわっと叫び声を上げて
いた。
「あとは……みりんと、醤油と……か、片栗粉……」
竹志の声が、震えながら告げていた。聞き逃さないように注意して、言われた通り
の分量を量って、入れていく。すると、フライパンの中で揺蕩《たゆた》っていた煮汁が、徐々
に色を変え始めた。ほぼ透明だった色が淡い飴色に変わり、そしてとろみが出ていた。

その色を見た瞬間、野保も晶も、自分たちの考えが浅はかだったことを悟った。

二人は、適当にソースでもかけて食べればいいと思っていた。だが出来上がった今、これ以外に何をかければいいか、わからなかった。

とろっとしたタレは、皿の上に座するハンバーグと、あっという間に絡み合っていく。そして香ばしい香りを漂わせるハンバーグに、さらに甘くほんの少し辛い香りが加わって、見た目も香りも人を惹きつけずにはいられない一皿の完成だった。

◆

「いただきます」

野保と晶、二人がそれぞれの皿から、同時に一口分を切り分けて、口に運ぶ。その様子を、竹志が熱でぼんやりした目でじっと見つめていた。熱で体が火照っているための汗か、それとも冷や汗か、曖昧なまま、竹志は二人の第一声を待った。

「……これって……」

晶が、驚きのあまり、目を見開いた。何度も瞬きを繰り返すその様は、果たして何を意味するのか……？　じれったいような気持ちで言葉を待つ。すると、野保も口を開いた。

「これは……同じだ」

「同じって……」

「千鶴子の、イワシのハンバーグだ……！」

その言葉に、晶も大きく頷《うなず》いていた。

「ほ、本当に……？」

「ああ、もっちりしていて、柔らかくて、こんがりしている」

「タレも甘辛くて、美味《おい》しい。煮汁を使ってたから、こんなに合うのね。知らなかった……」

野保も晶も、一口食べると止まらなくなっていた。白ご飯も何も傍にないというのに、ハンバーグだけを、ぱくぱく口に放り込む。

そんな食べっぷりを見ていて、熱で重苦しかった体が、ふんわりと軽くなったのを竹志は感じていた。もちろん、そんなことは野保たちには伝わっていないのだが。

「どうしたの？　急にニヤニヤして」

「……僕も、食べたいです」

「え、ハンバーグを？」

野保と晶は、またも顔を見合わせた。この親子、肝心な時は妙に息が合う。視線を交わし、同時に眉根を寄せていたかと思うと、同時に似たようなことを語り出した。

「泉くん、食べてもらいたいのはやまやまだが……その状態でこんな油っぽいものを食べるのはどうかと思うぞ」

「そうよ。イワシ缶なら山ほどあるんだから、また作ればいいじゃない。今日のところはおかゆにしときなさいよ。レトルトだけど」

竹志は、首を横に振った。二人に何を言われても、縦にだけは振ろうとしなかった。ハンバーグを食べるか食べないかだけの話なのだが、驚くほど頑なに食べると言って聞かない。

その視線は、二人の皿とは別の、余ったハンバーグが載った皿にまっすぐ注がれていた。

おそらく、普段の竹志ならば従った。それに他人が熱を出していたならば、野保たちと同じことを言って聞かせていただろう。

だというのに、今回だけは、まったく聞く耳を持とうとしない。例の如く、野保が肩を落として、ため息を漏らした。

「わかった。一口だけだぞ」

「えぇ……大丈夫なの？」

「言っても聞かないんだから仕方ない」

野保が諦めたように、竹志の前に皿を差し出した。だが熱でフラフラしている上に蓑虫状態の竹志ではうまく切り分けられなかった。見かねた晶が一口分に切り分けて、箸で口まで運んでやった。竹志は、まるでひな鳥のように、それをぱくっと口に入れ、もぐもぐ口の中で転がしていた。

その瞬間、竹志は野保と晶の表情や言葉が、芯まで理解できたのだった。

「美味《おい》しい……！」

生臭くない、パサパサしていない、物足りなくもない。二人がイワシを避けていた理由をすべて消し去って、美味《おい》しく変身している。竹志もまた、この味をどこかで口にしたことがあった。どこで口にしたのかは、わかっている。

のみ込んでしまうのが惜しくて、いつまでも頬張っていると、野保がふわりと口角を上げたのが見えた。

「ああ、美味《うま》いだろう。イワシは苦手だったが、これだけは楽しみだった」

「……そうね。これじゃなきゃ、イワシを食べられなくなってたかもね」

「わかります。これなら食べられる、じゃなくて……これがいい……ですね」

返事の代わりに、野保も晶も、深く頷《うなず》いた。

どうしてか、竹志はそれが嬉しかった。

嬉しくて、胸も頭も温かくなって、ふわふわした感覚になった。

（ああ、良かった……ちゃんと作ってあげられて……作ったのは野保さんたちだ

けど）
そう思って、ほっとした瞬間だった。
竹志の意識は、糸が切れたように落ちた。

◆

閑静な住宅街の中にあるマンションの一室。泉家の部屋には今、住人以外の人間が二人いた。

二人は、同時に叫んだ。

「この度は、本当に申し訳ない！」

「泉さん、本当にごめんなさい！」

天井に届きそうに見える野保が、体を折り曲げて深々と謝罪していた。そんな謝罪を受けたことのない竹志の母・麻耶は狼狽《うろた》えてしまった。

「そんな、よしてください。こうして送ってきていただいたんですし……」

無事にハンバーグの出来上がりを見届けた竹志は、倒れてしまった。安心したからか、熱がぶり返し、意識が朦朧とした状態だった。

晶が何とか麻耶と連絡を取り、車でこうして家まで連れてきて寝かせ……そこまですると、野保が急にきれいな角度で頭を下げたので、麻耶は面食らってしまったようだ。

「泉さん、なんなら今からでも、夜間診療に連れていきます？」

「いいよ、そんな……連れてきてくれただけで感謝してるんだから」

「我々の手間など……大事な息子さんを倒れるまで働かせてしまい、何とお詫びすればいいか……」

「あの、野保さん。もう顔を上げてください」

「息子さんをお借りして、あれだけ世話になっておいてこの失態……とても顔向けできません。私は、彼の様子を見ていたはずなのに……！」

野保の声は、震えていた。その様子に、麻耶だけでなく晶までが言葉をなくしていた。まるで誰かが死んでしまったかのような、そんな悲壮感を感じさせる声だった。

何度か目を瞬《またた》かせた後、麻耶が、野保の肩をぽんと叩いた。

「野保さん、もう一度言いますね。お顔を上げてください」

「いいえ、できません」

「だったら、私にどうしろというんですか？　このまま朝まで、お辞儀してるのを見てろとでも？　それとも、早く『許す』と言えと？」

「い、いえ、そんなことは……！」

慌てて顔を上げた野保の瞳を、麻耶がまっすぐに見据えた。どこか、怒りすら宿っていた。

「頭を下げられたところで、あの子の熱は下がりません。正直、あなたの謝罪を聞くよりも、早く傍に行って看病したいんです。ご理解いただけますか？」

「それは、もう……」

「だったら、今日はもうお帰りください。お気持ちはよく伝わりましたから」

天井に届きそうなほど背の高い野保が、その言葉を聞いてしゅんと項垂《うなだ》れた。すると厳しい視線を向けていた麻耶が、ふいに可笑《おか》しそうに笑った。

「申し訳ないと思うんなら、プリンでも買っておいてください」

「……プリンですか？」

「そう。あの子の好物なんです。今度お伺いした時に、食べさせてやってくださいませんか？」

野保は、首をかしげていた。『今度お伺いした時』と、麻耶は言った。それはつまり、熱が下がればまた来させるということだ。

「あの……よろしいんですか？　こんなことになってしまったのに、また家に来ていただいて……」

「ええ。ご迷惑じゃなければ」

「め、迷惑など、とんでもない！　泉くんには、本当にお世話になっています」

「じゃあ、またよろしくお願いしますね」

麻耶が向けた笑みは優しいようであり、有無を言わさないようであり、そして母としての威厳に満ちていた。

その笑みを前にしては、野保も晶も、ただ頭を下げてこう言うしかなかった。

「こちらこそ、よろしくお願いいたします……！」

◆

泉家を後にして、野保と晶はマンションの地下へ向かった。廊下を歩き、エレベーターに乗り、暗い駐車場を二人してとぼとぼ歩く。

その間、会話はない。

お互いに何を言えばいいかわからなかった。どちらともが、竹志を倒れるまで働かせてしまったことに罪悪感を覚えていたからだ。そんなふうに考えている相手にかける言葉が、二人ともなかなか見つけられないでいるのだった。

駐車場入り口に近い一角に停めた晶の車まで戻って、ドアを開けた。

運転席には晶が、助手席には野保が、それぞれ座る。車という密室で、この空気が漂うのは、なかなかにつらい。

晶は空気を払拭するように窓を開け、エンジンをかけた。かかったばかりのエンジンの奮い立つ音が、緊張した空気を多少は緩めてくれた。

「……車、出してくれてありがとうな」

声は、助手席から聞こえた。野保は晶のほうは見ないまま、言葉だけを向けていた。

「そりゃ……車ぐらい出すでしょ。大の男を運ばないといけないんだから」

「……母さんがいなくなって、行くところもなくなったからといって、車を手放すんじゃなかったな。緊急事態に対応できん」

晶の胸に、何か重りのようなものが落ちた気がした。

以前は、野保も車に乗って妻と出かけていた。野保の妻はちょっとした小旅行が好きだった。日帰りで色々なところに行ったものだった。

だがそれも、妻が連れ出してくれたから。連れ出してくれる人がいなくなった野保は、すっかり家に籠もるようになってしまっていた。

「……まぁいいんじゃない。最近は車を持たない家庭も増えてるらしいし。私が持ってるんだし」

「そうだな……まぁそれだけじゃない。泉さん……あの子のお母さんにも話を通してくれてありがとう」

「ちょうどよかったんだし、いいじゃない」

晶もまた、前方だけを見て返答していた。時折ちらりとバックミラーを見ると、窓の外を静かに眺める野保の顔が映った。

野保は、こちらを向かないようにしながら、尋ね返した。

「……ちょうどいいとは?」

「私一人じゃ、あの子を運べないし。お父さん一人じゃ、泉さんにきちんと話ができなかったでしょ」

「……なるほど」

晶の口調がややぶっきらぼうだったせいか、会話は、そこでぷつりと途絶えてしまった。

生まれた沈黙が、重かった。

(どうしよう、息苦しい……)

晶は今まで、この父と会話したいと思ったことなどなかった。家にいても、意識的に避けていた。だというのに、いざ沈黙が流れてみると、重苦しくて早く逃れたいと思っていた。

それに、先ほどの短い会話は、それほどつらくなかった。不思議なことに、もう一言くらい言葉を交わしてもいいとすら思っている。すると……

「……ハンバーグ」

「え？」

またしても、不意打ちのように野保の声が聞こえた。相変わらずこっちを見ていない。

「ああ、うん。ハンバーグがどうかした？」

「……美味《うま》かったな」

ぽつりと、そう呟《つぶや》いた声は、驚くほどすんなり晶の胸に染み入った。晶は、我知らず頷《うなず》いて言っていた。

「うん……美味《おい》しかった」

その言葉には、『母のあのハンバーグのように』という言葉が頭につく。

晶は、先ほどの食卓を思い出していた。野保が食べ、その向かいで晶が食べ、そして二人の間に入るように竹志が座っていたその椅子は、野保の妻がいつも座っていた場所だった。

「……もっと、料理を勉強しておけばよかったな」

「何よ、突然？」

「もう少し料理ができれば、今日みたいに、高熱を出している人間に料理の監督をさせることなどなかったろうに、と思ってな」

「……確かにね」

それについて考えると、また振り出しに戻ってしまう。

また静まり返ってしまわないかと心配になったが、晶の脳裏にふわりと別のことが思い浮かんだ。

「でもあの子……人に指導する時は、あんなに厳しいのね」

晶がしみじみ言うと、野保もなんだかしみじみと頷《うなず》いていた。

「口うるさ……いや、細かかったな。普段それだけよく気をつけているということなんだろうが」

「本当にね。普段はなんかふわっとしてるのに」

「まぁ今日に関しては、生徒の出来が悪かったせいもあるがな」

ぐうの音も出ないことを言われてしまった。もちろん、今の言葉は野保自身のことも指しているのだが。

それがわかるからか、晶は、台所に立った時からずっと思っていたことを、ぽろりと口にした。

「……もっと、お母さんと一緒に料理してればよかった」

晶の声は、静かに、だが確かに響いていた。

信号待ちをしながら、ウィンカーを出す。カチカチという規則的な音が、かろうじて沈黙を埋めてくれた。

信号が青に変わり、再びアクセルを踏んだのとほぼ同時に、野保の声が聞こえた。

「今からでも遅くない。教えてもらおう」

「……え？」

その時、左折のために覗いたミラーに、野保の顔が映っていた。その視線は、鏡を通して晶をじっと見つめていた。

「泉くんに、また教えてもらおう……あの、レシピで」

「……そうね」

野保が、うっすら微笑《ほほえ》んでいる顔が見えた。そんな表情を見たことがあっただろうか、と晶は記憶を探った。そして、なかったと思い至った。

晶は今度こそ前方に視線を集中させて、野保の家に向かった。

家に着くまでの間、どちらからともなく、会話は続いた。話題は主に、竹志の掃除の腕前や洗濯物のたたみ方、それに料理について、だった。

五品目　なかよしの煮物

その扉を開けると、むせ返るような空気が押し寄せた。埃《ほこり》臭さにかび臭さに湿気……それらが一気に襲いかかってくるようだった。

竹志は思わず口と鼻を塞ぎ、舞い上がる埃《ほこり》を払いのけながら中に進んだ。手には手袋をつけているものの、棚などに降り積もっている埃《ほこり》に触れるのはためらわれた。案の定、歩く度に床に白い足跡が出来上がっていた。

「いったい、いつから開けてないんですか、野保さん？」

竹志は、後ろにいる野保を振り返った。野保もまた、顔をしかめて鼻を塞いでいた。少しくぐもった声が聞こえてきた。

「おそらく、妻が亡くなって以降は開けてないんじゃないかな」

声は、少し恥ずかしそうだった。まさかこんな状態に陥っているとは思っていなかったらしい。

「必要なものはここを探さずに、都度都度買っていたからなぁ。何が入っているのか、よくわかっていないんだ」

「なるほど……これは大仕事になりそうですね」

竹志は普段、嫌な顔一つせずに、何でもひょいとやり遂げてしまう。以前、野保から「魔法のような手際の良さ」と言われたことがある。その時は照れくさくて思わず否定したが、そう言われて嬉しかったのは確かだ。今も、頼りにされているようで嬉しくて張り切っている。

「大丈夫ですよ。書斎だって何とかなったんですから。ただ……」

「ただ？」

「この部屋、窓が開けられないみたいだから換気がしにくいんですよ」

窓がないわけではないのだが、積み上がった段ボール箱や棚で塞がっていたのだった。

「面目ない……」

「いえ、そうじゃなくて他の換気方法を考えないといけないなと思って……野保さん、扇風機ってすぐに持ってこれますか？」

「ああ。何に使うんだ」

「入り口近くに置いて、溜まった空気を外に流すんです」

「なるほど。取ってこよう」

野保はすぐに行ってしまった。よほどこの部屋の掃除を頼んだことに罪悪感を持っていたらしい。

竹志は自分が行くつもりだったのだが……機を逃してしまった。

「まぁいいか。今のうちに中がどうなってるか、確認して……と」

なるべくつま先立ちになって、竹志は片手にはハタキを持ち、埃《ほこり》を落としながらゆっくりと室内を一周していった。

そんな竹志の背後から、声が聞こえた。

「何やってるの？」

「晶さん、こんにちは」

振り返ると、苦笑いを浮かべた晶が立っていた。

「ついにここの掃除？　……大変なんじゃない？」

そう言いながら中を覗き込んだ晶は、野保と同じように顔をしかめた。ここまでの惨状は想像していなかったのだろう。なるべく部屋の中のものに触れないように注意しながら、室内を歩いている。

「大変かもしれないですけど、僕はそのために雇われたんでしょ？」

「そうだけど……」

「大丈夫。任せてください！　前にバイトしてた店の人もよく倉庫を散らかす人だったから、大掃除はしょっちゅうだったんで」

「……そう」

晶の複雑そうな顔を見て、自分の言ったことがまったくフォローになっていないことに、竹志は気付いた。

「あ、あ、そういうことじゃなくて……向き不向きとか得手不得手とか、あの……！」

「……ふふ、いいわよ。わかってる」

あたふたする姿が可笑《おか》しかったらしく、晶はくすくす笑っていた。そして鞄から何かの袋を取り出した。

「ほら、マスクして。すごい埃《ほこり》だから、喉痛めちゃう」

「あ……ありがとうございます！」

お辞儀をすると、竹志はコンビニなどで売られている不織布マスクを受け取った。そして、自分も着けようとする晶を止めた。

「いいです。ここは僕が一人でやりますから」

「何言ってんの。自分の家なんだから私もやるわよ」

晶はいつもこう言う。

なんやかんや、竹志が来ている日は顔を出すことが多い。そして竹志が大がかりな掃除をしている時には必ず手伝いを申し出る。

竹志はだいたい固辞するのだが、晶は納得していないことが多い。どうしてなのか考えていたが、竹志はここ最近、ようやく理由が見えてきた気がしていた。

(自分で頼んだとはいえ、自分の家の中をあれこれ改造されるようで、不安なのかもなぁ)

きれいになればいいというものではない。家の中の、自分が過ごしてきた思い出が、他人の手が入ることで塗り替えられてしまうような感覚に陥る人もいる。

これまで母と二人で自分の家の中を保ってきた竹志なら、その気持ちはよくわかった。竹志は晶をなるべく傷つけない、そして安心させる言葉を選ぶようにした。

「いえ、この部屋狭いから、二人だと身動き取りにくいですし」

部屋を見回して、晶は諦めたようにため息をついた。本来そこまで狭くない部屋を狭くした人間の一人として、恥ずかしそうに肩をすくめた。

「……わかった。人手が必要そうだったら、すぐに呼んでよ」

「はい、お願いします……あ、じゃあ別のことをお願いしてもいいですか?」

「何?」

竹志はそろりと部屋の外まで出て、手袋を取ってメモ用紙に何事か書き付けた。

「はいこれ。買い物、お願いしていいですか?」

「……依頼主を顎で使うって、なかなかの大物ね」

「それほどでも」

「褒めてない」

晶はむすっとした様子で、メモの内容をじっと見ていた。

「夕飯の買い物？　……にしては量が多いんじゃない？」

「何食分か作り置きするんで。一緒に、晶さんの分も作れたらなぁって思って」

「私の分？　いいわよ、別に」

「いいからいいから。今日の夕飯代が浮いたぐらいに考えてください」

ここに通うようになってふた月ほど……慣れてきた竹志は、ニコニコしながらも、だんだん自分の主張を譲らなくなってきていた。特に、食事に関しては。

それをわかっている晶は、抵抗がむなしいと悟り、ため息交じりに踵を返した。

「わかった、行ってくる。でも……これ、何作るの？」

「筑前煮《ちくぜん》です」

そう竹志が答えると、ぴたりと晶の足が止まった。

「どうかしたんですか？」

晶は答えなかった。背中越しで顔は見えなかったが、笑っていないことだけは、わかった。

「……筑前煮《ちくぜん》……お父さんが食べたいって言ったの？」

「え？　いいえ、でもレシピにあったし、それに……」

「そう、わかった」

晶は、竹志の声を遮った。乱暴だった自覚はあるのか、一瞬だけチラリと振り返るが、すぐに向こうを向いてしまった。

「作ってくれるのはありがたいけど……私はいらない。お父さんの分だけでいいから」

「え？　何で？」

その問いに答えることはせず、晶はずんずん歩いていってしまった。拒絶していた。筑前煮《ちくぜん》が嫌いだったのかとも思ったが、すぐにそんなはずはないと思い直した。竹志が見たレシピの筑前煮《ちくぜん》のページには、こう書かれていたからだ。


『お父さんも晶も私も、みーんな大好き！　なかよしの煮物！』

◆

晶が立ち去るのと入れ替わるように、野保が戻ってきた。

「よいしょ……泉くん。扇風機、持ってきたぞ……うん？　晶か？」

「あ、野保さん。僕が運びます」

竹志が野保から扇風機を受け取る。その間に、晶は仏頂面のまま玄関から出ていってしまった。野保への返事は、一言もない。だが野保は気にする様子もなく、ほんの少し首をかしげただけだった。

「あいつ……どこに行くんだ？」

「えーと、買い物に行ってもらいました」

「なんだ、来て早々に……慌ただしい奴だな」

買い物に行かせたのは自分なので、竹志は苦笑いするしかなかった。ごまかすように、物置の中に扇風機を置き、スイッチを入れた。

緩い風が起こり、室内の空気が動き始めたのがわかる。

「さて、じゃあ埃《ほこり》を取っていきますね」

「頼んだ」

まずは換気をして、空気の循環路を作る。積み上がった段ボール箱をずらして、何とか少しだけ隙間を作り、窓を開ける。そして室内の入り口近くに扇風機を置いて、空気を外に流す。そうして換気をして埃《ほこり》を払っていく。それが終われば、野保に中のものを検分してもらう……という算段だ。

竹志はこの換気と掃除、二つの作業を自分がすることにして、野保にはリビングに戻ってもらおうとした。だがその前に、ふと、野保に声をかけた。

「そういえば、作り置きでおかずを作っておこうと思ったんですが……」

「ああ、今回は何だね？」

振り返った野保の頬が、僅かに……ほんの僅かにだが、緩んでいた。竹志は何度も通って、ようやくこうした変化に気付くようになったのだった。

楽しみにしてくれているのだということがわかって、自分も頬が緩みそうになった。

だが、あまり喜んでばかりもいられない。

「えぇと……筑前煮《ちくぜん》にしようかと」

「筑前煮《ちくぜん》……？」

野保の緩んでいた頬が、ぴたりと固まった。先ほどの晶と同じような表情だ。

「晶さん、それを言ったら何かこう……怒ったような感じになっちゃって……いけなかったでしょうか？」

野保は、竹志の問いになかなか答えなかった。腕を組んで、天を仰ぎ、低く唸って……それでも、答えを紡ぎ出せないでいるようだった。

「えぇと……レシピには、家族全員が好きなメニューって書いてあったので、一番間違いないと思ったんですけど……でも、晶さんはいらないって言ってました」

「そうだなぁ……」

野保は何度も竹志のほうをチラリと見ていた。何かを、迷っているようだった。

おそらく、晶がそう言った理由に見当がついているのだ。その上で、竹志に言おうかどうか、迷っている。そのように見て取れた。

竹志のほうも、聞いていいものか迷った。だが野保のほうが僅かに早く、何かを決めた面持ちになった。

「すまん、泉くん。別のメニューにしてくれるか」

「どうしてか……お聞きしてもいいですか？」

野保は、ほんの僅かに呼吸をして、言った。

「その料理は妻が亡くなる前……最後に作っていたものだからだ」

「奥さんが最後に作っていた？」

その先の言葉を、竹志は咄嗟《とっさ》にのみ込んだ。

野保家で仕事をすると決まった時、晶から多少の話を聞いていた。野保は一人で住んでいるということ、現在は定年退職後であるということ、そして一年ほど前に妻・千鶴子を病気で亡くしているということ。それ以上のことは聞いていない。聞いていいものだとも思えなかった。だが野保の目は、竹志が胸の内に抱いた疑問に答える用意があるようだった。

「話すと長くなる。一度リビングに戻らないか」

ゆっくり話していたら晶が戻ってきてしまうのではないか。そう思ったが、話を聞けるのは今しかないかもしれない……その思いに駆られ、竹志はリビングまでついていった。

今ばかりは野保がコーヒーを入れ、ソファに腰を落とすと、ため息にも似た息を吐き出した。

「……どこから話したらいいものかな……」

「だったら……この筑前煮《ちくぜん》について、聞きたいです」

「ああ、それか……」

語り始めようとすると、ふいに野保の表情が和らいだ。

「……泉くん、筑前煮《ちくぜん》は概ね何が入っている？」

「え？　ええと……レンコン、にんじん、鶏肉、こんにゃく、あとはゴボウとか……」

「私は、にんじんは好きではないが、レンコンは好きだ」

「は？」

「晶は鶏肉が好きで、レンコンが苦手。妻はにんじんが好きでこんにゃくが苦手。私と晶はこんにゃくは平気……見事にバラバラだろう？」

「は、はい……」

なんて面倒くさい家族だ、と竹志は思ってしまった。それが伝わったのか、野保は苦笑いを浮かべた。

「そんな面倒くさい好みを、すべてひとまとめにして、家族全員が必ず好きなモノを食べられる料理……それが筑前煮《ちくぜんに》だった。妻は毎回すべての具材を平等に皿に盛っていたんだが、私も晶も、無言で互いの好きなモノを交換していたもんだ。それを見て、妻はよく笑っていた。『あなたたち、筑前煮《ちくぜんに》の時だけはすごく仲良しね』と」

「ああ……だから、あんなふうに……」

ノートに書かれていた言葉の意味が、ようやくわかった。だが同時に、新たな疑問も浮かんだ。

「好きなモノが食べられる料理なら、晶さんは何であんなことを？」

「ああ、それは……私と晶の折り合いが悪いのは、もうわかると思うんだが……」

竹志は、これも頷《うなず》いた。遠慮がちに、だが。

「まぁそんな状態が昔から続いていたからな。大学に入る時に、意気揚々と一人暮らしを始めた。そう遠方でもなかったんだが、これ幸いというようにな。妻は頻繁に様子を見に行っていたが、私は一切顔を見に行かなかった。あいつも、私の顔を見ようともしなかった」

その様子は理解できた。高校の時、同じクラスの女子たちも、よく父親の悪口を言っていた。心を痛めたりもしたが、そういう年頃なのだと、何となくわかった。

だが野保と晶は、そういった一過性のものとは思えない溝を感じさせる時が何度もあった。だからこそ、竹志は深くは尋ねないでいた。

「いやまぁ……大学生だしな。家族より友人や学校が優先という時期だろうから、気にしてはいなかった。自分でやりたいことを見つけて、希望していた業界に就職したようだし、大したもんだ。ただなぁ……」

「ただ?」

「あいつが就職してすぐ、妻ががんだとわかった」

「がん……」

竹志は以前聞いた話を思い出した。がんにかかり、抗がん剤治療で苦労していたという話だった。

「末期がんだとか、そういうものじゃなかった。手術などの治療をすれば完治も可能なものだったんだよ」

「そう……なんですね」

竹志は思わず息をついた。だが、奇妙な感じはやはり拭《ぬぐ》えなかった。

「……本人よりも、私や晶のほうがショックを受けていたよ。恥ずかしいことにね。妻は狼狽《うろた》える私たちに、『大丈夫、頑張れば治る』と、そればかり言っていた。本当は、自分が一番怖かっただろうに……いつも、私たちを励ます役割を担おうとしたんだ。どんな時でもな」

「……すごい方ですね」

「ああ、一生敵わないと思うよ。おそらく晶も、そう思っている」

竹志は何となく、わかってきた。野保と晶は、父と娘……保護者と被保護者というよりも、野保の妻であり晶の母という存在を挟んだライバル関係に近かったのではないか。だから、なかなか素直になれないのだ。

「妻の手術が終わってからは、晶は休みの度に家に顔を出すようになったな。どんなに忙しくても、月に一度は必ず。心配事は、手術だけではなかったからな」

「抗がん剤治療の副作用ですね」

がんの手術が終わると、大半は抗がん剤治療に入る。薬によって投与方法は違うが、月に一度ほど通院して投薬するという方法が多いと聞く。注射で一瞬というわけにもいかず、半日ほどかけて点滴をするのだとか。

それだけでもかなりの疲労だろうが、さらにつらいのはこの後。副作用によって様々な症状が出る。脱毛、倦怠感、関節痛、めまい・立ちくらみ、味覚変化……薬の種類によって様々だ。

効果の強い薬の投与直後などは起き上がれない人もいるほどらしい。

「晶は手伝いに来て少しでも体を休めてもらおうと思っていたようだが、妻は逆に張り切っていてな。テーブルいっぱいに料理を並べて、我々がそれを平らげるのを、いつもニコニコして見ていたよ。だから、大変なんだろうが、心配するよりは平気なのかと思ってしまった。浅はかなことに……な。治療の最中でもそんなことを考えていたんだ。半年の投薬期間が終われば、もう大丈夫なんだと思い込んでいた。そんなある日に……妻は倒れた」

「え」

野保の両手に、ぴくりと力が籠もるのが見えた。覚悟をして、話し始めていた。

「……その日、晶が帰ってくると聞いて、妻はいつものように何を作ろうかとウキウキしていた。私はあまり浮かれすぎないように釘を刺したんだが……いや、言葉をかけるだけだったのだから、実質何もしなかったに等しい」

「どうなさったんですか？　急変、とか……？」

野保は頷《うなず》き、悲しげに小さく笑った。

「仕事から帰ったら、妻は一人うずくまっていた。息苦しくなって、動けなかったらしい。救急車を呼んだんだが……運ばれた先で医者に言われたよ。がんは転移している。それも手術不可能な場所への転移だと」

「そんな……」

「妻は、知っていたらしい。一度目の時に私があまりに狼狽《うろた》えてしまったから、言えずにいたんだそうだ。そして入院して、幾日も経たず……」

野保の視線が、ふいに逸れた。いや違った。とある一点を、見つめていた。

玄関とリビングを結ぶドアの上枠《うわわく》に。

そこには、テープの跡が残っていた。竹志が以前、緩衝材を貼り直そうと提案したのと同じ場所だった。

「倒れる直前、妻は何をしていたと思う？　掃除をして、料理を作って、あそこの緩衝材を貼り直そうとしていたんだ。私や晶のために。最後の最後まで、自分よりも私たちのことを考えてくれていた」

野保の妻は、小柄だったらしい。だからいつも気にかけていたのだとか。

『背の高い人は大変ね』と。

「……晶が咄嗟《とっさ》に救急車を呼んでくれて助かった。私一人だったら、狼狽《うろた》えるばかりできっと何もできなかった……」

「そんな……」

「だが晶はずっと気にしていた。自分が帰る度、母親に無理をさせていたんじゃないかと。自分が行くなんて言わなければ千鶴子は無理を重ねて体を悪くすることもなかったんじゃないかと、な」

「そんなの関係ないじゃないですか。その……もう転移した後……だったんですし……」

「私もそう言ったが……まぁ聞くわけはないわな。母親のことなんだからもっと早く気付けたはずなのにとか、体調が思わしくないのに母親の厚意に甘えるばかりだったとか……自分のせいで母親の寿命が縮んだ、なんてことも」

「そんなの違う！」

野保が目を見開いて竹志を見つめていた。我知らず、竹志は立ち上がって叫んでいたのだ。今までに、そんなことはなかった。いつも穏やかに接してきた。多少強く言うことはあったが、それは野保と晶を〝指導〟するためだった。

こんなふうに感情まで荒ぶることなど、なかった。

「す、すみません……でも、晶さんのせいだなんて……絶対に違います」

「……うん、そうだな」

居心地悪そうに座る竹志の肩を、野保はぽんと叩いた。彼だって、わかっているのだ。

「情けないことに、私は晶のためにそんなふうに怒鳴ってやれなかった」

「それは、だって……」

野保の言葉を、竹志は必死に否定しようとした。咄嗟《とっさ》に最適なことができるはずもない、と。だが野保は、静かに首を横に振った。

「それだけじゃない。妻のためにも、何もしてやれなかった。あの日の私は、ただ呆然とするしかできなかったんだ」

「呆然と……」

「そう、ただただ、ぼーっとしていた。台所では、火にかけっぱなしだった筑前煮《ちくぜん》の鍋がカタカタ鳴っていた。煮汁がすべて蒸発して焦げ付いた、嫌な匂いが充満していた。コンロの火を止めるということすら、できなかった……。その時のことを、晶は後から何度も責めていたよ。無理もない。苦しむ妻を介抱もせず、不安がる娘を励ますこともせず、手をこまねいているだけだったんだからな。娘に軽蔑されて、当然なんだ」

そう告げると、野保は俯《うつむ》いてしまった。懺悔を終え、力をすべて使い果たしてしまったかのようだった。項垂《うなだ》れるようなその姿に、いったい何を言えばいいのか、竹志にはわからなかった。

「あの……野保さんのせいでも、ないですから……絶対」

「ありがとう」

その時、野保が顔を上げた。もう何日も食べていないかのような、憔悴しきったような、そんな面持ちだった。

竹志は、話をさせてしまったことを、今更ながらに深く後悔した。

「ありがとう、泉くん。君は、良い子だな」

「そんな……そんなことを言ってほしいわけじゃ……」

「わかっている。だが、だからこそ察してほしい。私にも晶にも、あの日と同じ料理を食べる覚悟が、まだないんだ」

「……わかりました」

そう言って、竹志は立ち上がった。できるだけ、野保の顔を見ないようにして、その場を去ろうと歩き出した。

その時、視界の端に大きな荷物が見えた。スーパーの袋だ。

中身は、竹志が頼んだ食材だった。

それを置いたであろう人物の姿は、そこにはなかった。竹志の後悔は、胸の内でさらに深いものとなった。

「……物置の掃除、続けます。料理は……何か別のものを考えますから」

竹志はそれだけ言って、足早にリビングを去った。

◆

晶が買ってきてくれたものを冷蔵庫にしまうと、竹志は急いで物置に向かった。早く片付けて料理に取りかからねば、時間がない。

物置は、野保と話をしているうちに空気が循環し、先ほど感じた湿気や埃《ほこり》臭さは薄まっていた。

それでも埃《ほこり》が積もっていることには違いない。竹志は、先ほど晶から貰ったマスクを着け、ついでに頭にバンダナを巻き、足にも使い捨てのビニールカバーを履いた。手には手袋、そしてハタキ。これで準備は整った。

「よし、やるぞ！」

意気込んで中に踏み込み、天井近くからハタキをかけていく。窓の上や天井にまで張り付いている埃《ほこり》をはがし、床に落としていく。部屋の隅には蜘蛛の巣までうっすら見える。巣の家主はいないようなので遠慮なく引き剥がし、最終的に掃除機で一斉に吸い込んだ。

大まかな部分はそれでいいものの、まだ細かい部分はできていない。

竹志はハタキから乾拭《からぶ》き用の布に持ち替えて、棚の中に向かい合った。物が詰まったままの部分はハタキだけではきれいにならない。一つ一つ取り出して、拭いていく。置かれているものは様々だ。使わなくなった小物、買い置きの消耗品、記念品の数々、それに本なども色々な種類がある。

たくさんのものが埃《ほこり》を被っていたが、置き方はリビングとは異なるようだ。リビングや廊下は、空いているスペースに適当にぽんぽん置いていったのだとわかる雑然とした並びだったが、物置内は違った。大きいものを奥に、小さいものを手前に。種類別に、もしくは使う頻度別に、きちんと整理して置かれている。

(奥さん、すごく几帳面な方だったんだなぁ)

竹志としても、非常に掃除しやすい環境だった。これならば野保を呼ばなくても、整理の必要はないのではないか。そう思われた。

(うん、汚れさえ取ってしまえばいいんじゃないかな……今後、野保さんたちが散らかさなければ、だけど)

それが一番心配だとは、言わないでおこうと心に決めた。

(ああ、でもこの棚の本については聞いてみるかな)

段ボールや雑貨、日用品など様々なもので溢れている室内において、一つだけ本が詰まった棚が置いてあった。

竹志は他と同じように、一冊ずつ取り出して、布でさっと埃《ほこり》を払っていった。置いてある本は色々なものがあったが、どれも野保の妻のものと思われた。料理のレシピ本、家庭園芸の本、家事時短術の本、片付けテクニックの本……

どれも竹志にとってもタメになりそうな本ばかりだった。野保に頼んで借りてみようかと思ったその時、明らかに本とは違うものを引っ張り出していた。

「あれ？　これってノート？」

それは、あのレシピノートと同じ、どこでも売られている一般的な大学ノートだった。レシピノートと違って、表紙には特に何も書かれていない。
もしやあのレシピの続きがあるのか、と思った竹志は、心の中で野保の妻にことわりながらページをめくった。

『X月X日　今日のご飯』

表紙をめくって一ページ目の一行目は、そんなことが書かれていた。

『朝：トースト　ハムエッグ
昼：お弁当（ふりかけご飯　牛時雨煮　卵焼き　ほうれん草）
夕：ご飯　すまし汁　鯖味噌　小松菜のごま和え』

（あ、美味《おい》しそう）
竹志は、思わずそれらが並んでいるテーブルを想像した。想像したら、なんだか食べたくなってきた。

『今日は鯖が安かった。久しぶりに鯖味噌にしてみた。がんになってから作るのは初めて。お父さんの反応は薄かった。味噌の味が足りなかったらしい。残念。次はあと小さじ一杯くらい足してみよう。レシピに追加するのは見送り』

『レシピ』とは、あのレシピノートのことを指すのだろうか。思い返すと、あのレシピノートに鯖味噌のレシピはなかった。

竹志は目を瞬《またた》かせながら、次のページをめくった。

『X月X日　今日のご飯

朝：ご飯　味噌汁　卵焼き　鯖味噌（昨日の残り）
昼：チャーハン（海老　ウインナー　タマネギ　卵）
夕：お好み焼き（山芋　豆腐　キャベツ　豚バラ肉）

お昼ご飯はいつものチャーハン。一缶あれば無敵の万能調味料を入れるとカンタンおいしい！

夕ご飯はアレンジお好み焼き。この前は失敗したのでリベンジ！

豆腐でふんわり、山芋でごろごろした食べ応えを出せて、お父さんも大満足だった。良かった！

今度晶が帰ってきた日にも試してみよう。晶も気に入ったら、レシピに追加決定！

これで二人がふんわりがいいか、ごろごろがいいかでケンカしなくなったらいいと思う』

『X月X日　今日のご飯

朝：ご飯　味噌汁（キャベツ　タマネギ）　卵焼き

昼：カップラーメン（味噌）

夕：ご飯　トマト肉じゃが　コンソメスープ

昨日の残りのキャベツとタマネギで味噌汁……意外とイケる。

昼間はちょっと疲れて楽させてもらった。その分、夜には元気が出てちょっとチャレンジ！

トマトが好きなお父さんに向けて、ちょっと意外なものにトマトをたくさん投入！

冷蔵庫にあったトマトと、それだけじゃ足りなかったから余ってたトマト缶も入れてみたらお父さん大満足！　ポイントは追いトマトだった。

これはもう一発ＯＫ！　レシピ追加確定！』

「これって……日記？　というか、レシピに載せるためのメモ？」

誰も問いかけに答えることのない呟《つぶや》きだった。だが、ノートに書かれた文字は、そんな呟《つぶや》きに答えるようだった。ただただ、ひたすらに野保や晶が『美味《おい》しいと言った』ことを喜んで、『レシピ追加』と謳っていた。

◆

拭き掃除を終えてもう一度乾拭《からぶ》き。そして棚から出したものを元の位置に戻して、落ちた塵《ちり》や埃《ほこり》を取り去って、作業は完了した。

もう必要のなくなった雑巾を一箇所にまとめ、バンダナやエプロンをはずしながらも、竹志の視界には一冊のノートが映っていた。

そのノートだけは、棚に戻さずにいた。竹志は最後のページをちらりと見やると、意を決したように、ノートを持ってリビングへ向かった。

リビングでは、野保が何やら覗き込んでいた。遠目に見えるそれは、あのレシピノートだ。だが竹志の足音に気付いたのか、レシピノートを閉じた。

「泉くん、片付けはどんな感じだ？」

「整理整頓は必要ありませんでした。奥さんが、すごくきれいに整理してくださってたみたいです」

「……そうか」

　妻のことを出すと、野保は視線を逸らす。それは悲しいから触れてほしくないのかと思っていた。だが少し違った。悲しみよりも大きな、罪悪感だった。

　妻が見せていた生活の中の気遣いすべてを自分が享受していいものかと、野保は戸惑っていた。今も、戸惑っているのだ。

　その中でも特に、妻が倒れた日のことで今も自責の念に駆られている。だから、あの日の料理だけは、どうしても食べてはいけないと思っている。

　手にしたノートを握る手に、自然と力が籠もった。すると、野保のほうも竹志の持つノートに気付いたようだ。

「それは？」

「奥さんの……日記です」

「日記？」

　どうも、そんなものを書いていたとは知らなかったようだ。竹志はテーブルに置かれたレシピノートの横に、日記のノートを置いた。

野保はそっと表紙に触れ、レシピノートと見比べた。ノート自体はどこででも売っている大学ノート。ただ日記のノートは表紙に何も書かれておらず、レシピノートはあしらいがたくさん描かれていた。一見すると、日記のほうは簡素で味気ないものだった。

日記の表紙をめくると、野保の両目が大きく開いた。

「ああ、千鶴子の字だな……」

そう言った野保の瞳は、すぐに和らいで穏やかなものに変わっていた。

「ああ……毎日のメニューを書いていたのか。うん、この日のこと、覚えている……こっちも、こっちもだ」

ページをめくるごとに目尻を下げていく野保を、竹志はじっと見つめていた。やはり、この日記は野保の妻が書いた、彼女の想いが詰まったものだった。

竹志は近づき、やや強引に、最後のページを開いて見せた。

「これは……」

そこに書かれていた内容に、野保は目を瞠《みは》った。

そこには、こう書かれていた。

『ようやく、お父さんたちを喜ばせられるレシピが集まった。さあ、これからノートにまとめていこう。

これで、私がいなくなっても二人は美味《おい》しいものを自分で作って食べられる！

でも、料理だけじゃなくて私のことも思い出してほしいから、ほんの少しだけ仕掛けをしておくことにしよう』

そこまで読むと、野保はノートを開いたまま、テーブルに置いた。

「なるほどな……レシピノートの前に、こんなものを書いていたんだな」

「はい。ここで『レシピ追加決定』って書かれているメニューは、ほぼレシピノートのほうにもありました」

「ふむ。見つけてくれて、ありがとう」

野保は、日記を見ている時のままの穏やかな笑みを竹志に向けた。竹志は、小さく首を横に振った。

「僕は何も。棚の中のものを引っ張り出しただけです。もしかしたら、奥さんが見つけてほしかったのかもしれません」

「そうかな……何故、そう思う？」

「奥さんが、お二人にあの日の筑前煮《ちくぜんに》を食べてほしがっていると思うからです」

竹志は日記のノートをめくり、あるページを開いた。そこに書かれているのは、とある、晶が帰ってきた日のこと。そして書かれているメニューは、筑前煮《ちくぜんに》。そのレシピには、〝なかよしの煮物〟と書かれていた。

「〝なかよしの煮物〟……か」

「はい。僕、ずっとこの意味がわからなかったんです。だって、至って普通の筑前煮《ちくぜんに》ですから」

「至って普通？」

「はい。このレシピ……このノートの中で、一つだけ『？？？』がないレシピなんです」

竹志がそう言うと、野保は少し驚いてレシピノートを見返した。筑前煮《ちくぜんに》のページをよく読み込んだが、確かにどこにもなかったようだ。

「〝なかよしの煮物〟っていう名前が何なんだろうって思ってたんですけど、さっきの野保さんの話を聞いて、なるほどと思ったんです。そして、日記のほうを読んで、『？？？』がなかった理由もわかりました」

竹志はもう一度、日記のほうを指した。そこには、こう書かれている。

『レシピの中に、一つだけ仕掛けをせずに、そのレシピ通りに作ればいい料理をしのばせておく。筑前煮《ちくぜん》……我が家の〝なかよしの煮物〟……これだけは、絶対に、間違いなく作ってほしいから』

ノートから目を離した野保と、竹志の視線がぶつかった。

「食べましょう。〝なかよしの煮物〟」

「しかし……」

「このページに書いてあるじゃないですか」

まだ目を背けようとする野保に、竹志は日記を押しつけるように、開いて見せた。

『我が家のなかよしの煮物。これだけは、変えちゃいけない。二人が交換して食べられる、あの味にしなければ。

だから以前と同じ味を絶対確実に作れる分量を見つけ出した。

これで、私がいなくなった後も安心！』

「それはもう読んだ。君は、私にどうしろというんだ？　その料理を食べたからといって、千鶴子の弔《とむら》いになるとでも？」

「そうです！」

竹志の声が、しんと静まり返るリビングに響き渡った。空気を震わせたその声は、どこかでこだましているかのようだった。

竹志は有無を言わさぬ面持ちで、野保のことを見据えていた。野保は、反論できずに気圧《けお》されていた。

「あの日の料理を食べることが……それこそが弔《とむら》いです。だって奥さんは、二人のために作っていたんですから。料理は、食べたくて作るんです。そして、食べてほしくて作るんです！」

稲妻のような声だった。激しく響いたその声に応えたのは、目の前の野保ではなかった。

「……私は、食べる」

そう言って、晶はリビングの入り口から、竹志を見つめていた。ぐっと握りしめた拳が、少し震えていた。

「晶、本当に？」

「お父さんは食べたくないの？　お母さんの、最後の気持ちを」

「それは……」

言い淀む野保から視線をはずして、晶は竹志のほうへと歩み寄った。そして、竹志の両肩に手を置き、ぐっと力を込めた。

「作ってくれるのよね？」

晶の視線を真正面から受け止めた竹志は、自然に頷《うなず》いていた。

「はい。任せてください」

◆

先ほどのものとは別の、料理用のエプロンを身につけ、竹志は台所に立つ。

材料は並べてある。その傍にレシピノートを広げ、慎重に調味料を量って小皿に入れておく。

これで、準備は万端だった。

「では、いきます」

初めに、小鍋に水を入れて火にかけておいた。そしてまな板に向かい、端から材料を切っていく。

初めはレンコン。皮を剥《む》いて乱切りにして、ボウルに張った水に浸けておいた。

続いてこんにゃく。全体に浅く切り込みを入れたら、一口大に切り分けていく。切り終わったちょうどその時に、鍋が沸騰を知らせた。

沸騰したお湯に切ったこんにゃくを投入して、タイマーをセットする。そして、次に取りかかった。

レンコンと同じようににんじんも皮を剥《む》いて乱切りに、鶏肉は一口大に切っていく。

最後ににんにくを一片、包丁の腹で押しつぶした。あっという間に野菜は切り刻まれた。

「相変わらず、手際が良いなぁ」

感心したように言う野保を、竹志はじっと見据えた。今までとは違い、何か物言いたげだった。

「……感心してないで、覚えてください」

「え、覚えるの？」

驚いた声を出す晶にも、竹志は厳しい視線を向けた。そして、静かにノートを指さした。

「当たり前です。何のために、このレシピに『？？？』がないと思ってるんですか。これだけは、間違わずに、お二人が作れるようにするためですよ」

それは日記にも書いてあった、二人が肝に銘じておかねばならない言葉だった。

野保も晶も、息をのんだ。それまでの見物客のような目を改め、竹志の一挙手一投足をしっかりと見つめるようになった。

「いいですか。次は、これです」

そう言うと、竹志は並べた小皿の中からどろっとした液体が入ったものを取った。少し茶色をしていて、ほんのり香りがする。

そして深めの鍋をコンロにかけて温め、その液体を鍋の中に放った。熱を帯びると、鍋の中から甘いようなコクのあるような香りがした。

「今回は普通の油じゃなくて、ごま油です」

あっという間に鍋全体にごま油がなじむと、先ほど切った材料のうち、鶏肉とにんにくを投入した。ごま油が絡まり、ほんのり色が変わっていく。それと同時に香ばしい香りが鍋から台所全体にまで広がった。

そんな香りの坩堝《るつぼ》に、今度はこんにゃくを入れた。ぷるんとしたこんにゃくに、徐々に香りと旨味が沁み込んでいく。色はそれほど変わらないが、鶏肉と絡み合ううちに、じっくりと味が沁み込んでいく様子が見て取れた。

それからにんじんとレンコンを入れた。

「全体をかき混ぜて、なじませて……そしたら次はこれです」

次に手にしたのは小皿ではなく、だし汁を入れたカップだ。

竹志は遠慮なく熱々の鍋の中にだし汁をすべて投入すると、じゅわっと大きな音を立てながらも、鍋の中は徐々に大人しくなっていく。

大人しく、鍋の中の具材をじんわり温めることに専念し始めたような音が、聞こえ始めた。

「よし」

竹志は小さく頷《うなず》くと、その他の調味料も次々入れていった。

砂糖、酒、醤油、みりん……ささっと流し入れて、だし汁と馴染んだのを確認して、鍋に蓋をした。

そして、くるりと野保たちのほうを振り返った。

「さて、あとは煮込んで待つばかりです！　楽しみですね」

ここまでくると、自然と笑みがこぼれる。

竹志の指導を覚えようと必死だった野保と晶の表情も、ようやく少し和らいだのだった。

◆

鶏肉、レンコン、にんじん、こんにゃく。湯気と共に甘く香ばしい香りを纏《まと》ったそれらを皿に移し、最後に温かな煮汁をさらさらと流しかける。

内からも外からも良い香りを放つ煮物が、野保たちを待っていた。

「どうぞ、食べてみてください」

竹志はそう言って、盛り付けた皿を野保と晶、二人の前に置いた。野保が箸を晶に渡そうとすると、晶は断り、そっと野保に押し返した。

「最初は、お父さんでしょ」

自分が食べると言い出した晶だが、やはり、彼女の中で順番は決まっていた。視線でそれを感じ取ったのか、野保は静かに頷《うなず》いた。

そして、しばし皿を見つめた後、箸を伸ばした。最初は、にんじん。

「え」

戸惑う様子の晶を置いて、ぱくりと、一口で口に放り込む。一口大より少し大きめの具材は、口の中でもなかなかの存在感を放っているようで、野保は大きく何度も咀《そ》嚼《しゃく》していた。そして、ゆっくりとのみ込み、竹志と晶のほうを向いた。

「美味《うま》い」

「ほ、本当ですか……！」

ハラハラしていた竹志は、胸を撫で下ろした。だがそれに対して晶は、どうしてか怪訝《けげん》な表情を見せていた。

「本当に？　無理してない？」

「していない」

野保がしっかりと頷《うなず》くのを見ても、晶はまだ眉をきゅっと寄せていた。

「だって……お父さん、いつもにんじん残してたじゃない。嫌いなのに、どうして一番に食べたの？」

晶の指摘に、竹志ははっと気付いた。先ほど、『なかよしの煮物』のことを教えてもらった時、野保は言っていた。

晶は鶏肉が好きでレンコンが苦手。妻はにんじんが好きで、こんにゃくが苦手。そして、野保はレンコンが好きで、にんじんは苦手……と。

それなのに野保は真っ先に苦手なものを食べた。そして「美味《うま》い」と言ったのだった。

「あ、あの……もしかして僕に気を遣ってくれたんですか？」

「いや、違うよ。元から全部食べるつもりでいた」

そう言うと、野保はこんにゃくをぱくりと頬張った。

「うん、これも美味《うま》い……千鶴子が食べたら、どう言ったかな」

野保は、頬を緩ませながら何度も噛みしめていた。晶はそんな父親の様子を、わなわなと震えながら見つめていた。

「どうして……自分の好きなのだけ、食べたらいいじゃない。お母さんだって、いつも好きなものと苦手なもの取り替えてたんだから」

「これは、泉くんが作った煮物だ」

野保はぽつりと呟《つぶや》くと、今度は鶏肉を頬張った。小さく頷《うなず》いているところから、うまく味が沁みているらしい。

「千鶴子の料理を、泉くんが、我々家族のために作ってくれた。千鶴子を含め、家族全員のものだ」

「だから、何？」

「全部食べるべきだと思った。千鶴子ならそう言って、美味《おい》しい美味《おい》しいと平らげていたに違いない。私も、そうしたかっただけだ」

「……何よ、それ」

そして、野保は最後にレンコンを口に入れた。一番好きなものだからか、しっかりと噛みしめている。静かに飲み下すと、竹志の顔を真正面から見つめた。

「美味《うま》い。ありがとう……今まで、どうしてにんじんも避けていたんだろうな。食べればよかったと思ったよ」

「あ……ありがとうございます！　でもその言葉は、奥さんに……」

「ああ、わかっている」

満足そうに笑う野保を見て、晶は、ぐっと唇を噛みしめていた。何か言いたげであり、悔しそうであり、羨《うらや》ましそうでもあった。

「あ、晶さん？　どうしたんですか？」

竹志の声には応えず、晶は戸棚から皿を取り出し、コンロに近づいた。そして、まだたっぷり入っている鍋を覗き込み、自分で中身をよそい始めた。鶏肉もレンコンもにんじんもこんにゃくも、すべて一つずつ。

晶はそんな皿をじっと見つめるばかりで、竹志のことも野保のことも見ていない。

黙ったままテーブルについたかと思うと、おもむろににんじんに箸を伸ばした。

「晶……」

晶もまた、母の好物をよく嚙みしめている。

「……うん、この味」

晶はそう言うと、次にこんにゃくを掴み、口に放り込む。

「ああ……嚙むとおだしが滲んでくる」

口の中に広がってくるだしの風味を堪能するように、晶はしばし目を閉じていた。

そして再び目を開けた時、皿にはあと二つの具が残っていた。晶の好きな鶏肉と、晶の嫌いなレンコンだ。

晶は二つの具の間で何度も視線を往復させて、そして意を決して……レンコンを掴んだ。

「むぐっ」

晶がきゅっと眉間にしわを寄せて、レンコンを口に放り込んだ。苦悶の表情で咀《そ》嚼《しゃく》を繰り返す。

「この食感……やっぱり苦手……！」

そう言いつつも何とかのみ込んだ。競技後のアスリートのように肩で息をしているかと思うと、「口直しよ」と言って、パクッと鶏肉を頬張った。今度は花が綻《ほころ》ぶような笑みを浮かべている。

「お前は無理をしなくてもよかったのに……」

野保がそう言うと、晶はそっぽを向いて、ぽつりと言った。

「……お母さんなら、そうするんでしょ」

次いで晶は、竹志のほうを向いた。

「美味《おい》しかった。ありがと」

「……どういたしまして」

二人の皿は空になり、交わす言葉も尽きたように静まり返った。

「あの……おかわり、どうですか？　ご飯も炊けてますし」

そろりと、竹志は提案してみる。

すると二人とも竹志のほうを向いて、皿を差し出した。それも同時に。

「頼む」

「お願い」

「……わかりました。ちょっと待っててくださいね」

竹志は、必死で笑いを堪《こら》えた。

野保と晶、二人の恥ずかしさと気まずさと、ほんの少し悔しさが混ざった複雑な表情は、とても似ていた。

きっと、このレシピを書いた主ならば、遠慮なく笑っていたことだろう。

鍋の蓋を取ると、籠もっていた湯気が竹志の顔にかかる。まだまだ温かいのだと、鍋の中から声が上がっているかのようだ。

お玉で皿に盛っていく度、鍋とお玉がぶつかり合う。そのカタカタと鳴っている音に紛れて、竹志の背後でぽつりと声が聞こえた。

「……軽蔑なんて、してない」

こぼれ落ちたかのような、晶の声だった。それに対し、「え?」という野保の声が漏れ聞こえたかと思うと、もう一度、今度は晶の芯の通った声が聞こえた。

「……してないから」

「……ああ、そう……か」

竹志には二人の顔は見えていない。だが、二人がお互いの顔を見ずに言っているのだろうことは想像できる。

すると、野保の息をのむような声も聞こえた。

「……千鶴子は……母さんは、お前が帰ってくるのを喜んでいた」

「……それが、何?」

「嬉しかったんだ、母さんは。だから……『そのせいで寿命を縮めた』なんて、考えないでくれ。絶対に、だ」

晶はその言葉に、何か言おうとしていた。だが、言葉にならない吐息が漏れるだけで、最後には「わかった」と短く答えていた。

どうもこの親子は、お互いに対してだけは言葉がうまく紡げない傾向にあるようだ。つぐんでしまった口を開くには……そう思い、竹志はくるりと振り返った。

「ハイ、どうぞ！　まだまだたっぷりあるので、たくさんおかわりしてください」

竹志が皿を差し出すと、二人とも自然と頬が緩んでいた。再び手を合わせて、箸を伸ばしていく。

互いに嫌いなものを掴んでは、互いの皿ではなく、自分の口に放り込んでいく。一瞬眉根を寄せるものの、すぐに飲み下す。どうやら、具の交換は行われないようだ。

その様子を見て、竹志はご飯を盛りながら尋ねた。

「あの……僕も筑前煮《ちくぜん》、いただいていいですか？」

「もちろん」

野保がそう答え、晶も頷《うなず》いた。竹志はいそいそともう一枚皿を取り出した。

「ありがとうございます。ところで実は僕、鶏肉の皮がちょっと苦手なんですけど……」

そう言うと、野保と晶はほぼ同時に、言った。

「交換はしないぞ」

「感謝を込めて、全部食べないとね」

「ええええ……一応、これ作ったの僕なんですけど……？」

竹志が苦笑いを浮かべていうと、野保と晶、二人が揃って笑い出した。笑い声は台所を包み、やがて廊下にまで響いていったのだった。

六品目　次の日はカレー

どんな日も、一年に一度巡ってくる。

竹志の胸に刻まれた……深々と突き刺さって消えない一日が、今年も巡ってくるのだ。

カレンダーに描かれた大きな丸を見て、竹志はため息をのみ込んだ。自分がため息をつくことなど、していいはずがないとわかっていたからだ。

ため息の代わりに大きく息を吸い込んで、竹志は飾ってある写真に向かって微笑《ほほえ》みかけた。

「行ってきます」

そう言って玄関をくぐる竹志を、今日も、写真に写る父が笑顔で見送っていた。

◆

「次の日曜日？」

野保はリビングのソファに腰掛けたまま、顔を上げた。新聞に向けていた視線が、今は竹志に向けられている。

竹志は、少し申し訳なさそうな顔で、お伺いを立てていた。

「はい。ちょっと家族で用事があって……日曜日は来られないんです。だから別の日程に変更してもいいですか？」

「もちろん。君の都合に合わせる」

竹志が家事代行で訪問する日は、水曜日と日曜日になっていた。竹志の大学の授業などのスケジュールに合わせた結果だ。

日曜以外のいつがいいか、野保は竹志の返答を待っている。

「ええと……じゃあ、前日の土曜日でもいいですか？」

「それでいい。よろしく頼む」

あっさりと決まり、竹志はほっと息をついて、すぐに今日の仕事に取りかかろうとした。すると、野保はまだ何かを考えているような顔つきで尋ねた。

「日曜日、どこかに出かけるのか？」

「え」

普段なら、野保はそんなふうに個人的なことに踏み込むようなことはしなかった。だが今日は何故か、そんな疑問を口にした。竹志は、ごまかそうかどうしようか迷った末に、ぽろりと口にした。

「えぇと、父のお墓参りに……」

野保は、ああ、と言って視線を逸らした。だが驚いた様子はなかった。

竹志の年齢で〝父の墓〟と口にすれば、大抵驚かれた。そして、相手は口をつぐんでしまうのだった。だが野保は、少し違った。

「そうか……命日か」

「あれ？　野保さん、父の命日だってご存じだったんですか？」

そう尋ねると、野保は一転して焦ったように眉をひそめた。何やら、もごもご言っている。

「あぁ、その……晶から少しだけ聞いてな。すまん」

「いえ、謝ってもらうようなことは……」

こんなふうに困るのは、きっと野保もまた、同じ気持ちを抱えているからだろう。

竹志が抱えている亡くなった父への思いと似たものを抱えて、苦しいからだ。

（だけど俺のものとは、きっと少し違う。野保さんは罪悪感なんて持つ必要はないんだ）

野保の妻の最期について語られた話は、竹志の心にも重く深く、そして優しく沁み込んでいった。

野保にも晶にも、これ以上苦しんでほしくはないと、竹志は思った。

「あの……午前中にさっと行く予定なので、いつもより少し遅くなってもいいなら、予定通り来られますけど」

「何を言ってるんだ。大事な日だ。お母さんと二人でゆっくり過ごしなさい」

野保の声音は、厳しいものだった。何だか叱られてしまったようだ。少しだけ気まずい空気を払拭するように、竹志は努めて明るい声で別の話題を振った。

「あの……いつもより多めに作り置きしていきますから。何でも食べたいもの言ってください！」

「一日早く来るだけだろう？　そんなに張り切る必要はない。だが、まぁ……そうだな」

そう呟《つぶや》くと、野保はテーブルの上に置いていたノートを手にした。野保の妻が書き残した、レシピノートだ。

野保はパラパラとページをめくっていた。ページごとに吟味している様子ではない。目当てのページを探しているかのような、めくり方だ。

「これを、作ってもらってもいいか？」

野保が開いたページには、こう書かれていた。

『大好評！　次の日の絶品カレー！』

「カレー……ですか」

「ああ、しばらく食べていないからか、無性に食べたくなってしまってな」

野保の顔は、微かに綻《ほころ》んでいた。先日食べることを避けていた筑前《ちくぜん》煮……『なかよしの煮物』を食べるようになって以来、今まで以上に食に対して積極的になった。

それでなくとも、好みのメニューを見るとけっこうな健啖であることがわかっていた。

（そりゃあ、カレーも食べたくなるよなぁ）

竹志自身、どれだけしぼんでいた食欲もあの刺激的な香りには触発されてしまうのだから当然と思えた。だから、困っていた。

「あの……以前も言った通り、僕はカレーを作るのは苦手で……」

「苦手とはどういう意味だね？」

野保は普段はあまり他人の事情に踏み込もうとしない。冷徹なのではなく、それが彼なりの人との適切な距離の取り方なのだった。だが、何故か今日は、引き下がろうとしなかった。

「えーと……苦手は、苦手なんです」

「香りが受け付けないとか？」

「香りは別に」

「味か？」

「そういうわけじゃ……」

「食感か？」

「うーんと……」

竹志は嘘をつくのが下手だった。カレー自体が嫌いというわけではないため、適当にごまかすということができないでいた。

野保はそんな竹志になおも追及を続けた。

「カレーは色々な料理の基本だと聞いたぞ。作れん私が言うのもなんだが、筑前煮《ちくぜん》が作れてカレーが作れないというのが、どうにも腑に落ちなくてな。何か事情でもあるのか？」

竹志は、ついに返す言葉をなくしてしまった。

それと同時に、野保も追及を止めた。ただじっと竹志を見つめて、言葉を紡ぐのを待っている。

「その……特に理由はないです。一回派手に焦がしちゃって以来、なんか苦手意識があるっていうか……ははは」

それは、咄嗟《とっさ》についた嘘だ。本当の理由は、他にある。だけど言いたくない。笑い声が空回りしていると理解しつつも、竹志は本当のことは言わなかった。

竹志が視線を逸らしている間も、野保はじっと竹志の顔から目を離さなかった。嘘がばれるんじゃないかと、竹志はひやひやしていた。だが「嘘ではないか」と、野保から指摘されることはなかった。

「そうか……残念だ」

「すみません」

「謝ることはない。ただカレーが食べたいと思っていたから、他のことは考えていなかったんだ。何を作ってほしいか、もう少し考えてもいいかね？」

「もちろんです」

そう言うと、竹志はお辞儀をして、仕事に取りかかった。リビングの掃除に風呂場の掃除に……仕事は色々ある。

考えを巡らせている竹志の背中を、野保は静かに見守っていた。だがやがて、テーブルに置いたレシピノートのほうに視線を移したのだった。

「はて、何をお願いしたものか……」

◆

広い大学構内に、今日も鐘の音が響く。昼時を知らせる音は、他の休憩を知らせる音とは少し違う。この音が聞こえると、皆、無性にお腹が減ってくるのだった。

それは竹志も同じで、今日も雅臣と待ち合わせて、学部棟の食堂に陣取っていた。

雅臣はおかわり自由でお得な大盛り生姜焼き定食、竹志はお手製二段弁当だった。

向かい合わせに座る二人は、今日も互いの食べるメニューを見比べている。

「弁当美味《うま》そうだな」

「お前も、生姜焼き美味《うま》そう」

竹志がそう言うと、雅臣はニヤリと笑って生姜焼きの皿を煽った。生姜と醤油の香りが竹志の鼻孔を突いてくる。

「美味《うま》いぞ～卵焼き全部と豚肉一切れ交換してやろうか？」

「対価がデカすぎる！　何で全部やらないといけないんだよ」

「生姜焼き定食の豚肉は一切れでかなり価値あるだろ」

「弁当における卵焼き全部とは釣り合い取れないだろ。ていうか交換してくれなくていいから。生姜焼きくらい自分で作ればいいし」

竹志は弁当箱を雅臣から守るように避けて、睨《にら》みつけた。

その時、隣の席に別の誰かが座った。

その手元のトレーからは、香ばしくスパイシーな香りが漂ってくる。

ぴくり、と竹志の手が止まった。そっと机に弁当箱を置く竹志の顔を、正面から雅臣が覗き込む。

「えーと……大丈夫、か？」

雅臣の視線は竹志とカレーの皿とで行ったり来たりしている。彼の気遣いが垣間見えて、竹志はくすっと笑った。そして、静かに頷《うなず》いた。

「大丈夫。食っちゃおう」

食堂には絶えず人が流れ込んでくる。さっさと食べて場所を空けるほうがいい。そう思い、竹志は弁当の残りを一気にかき込んだ。そうすれば、隣の席のカレーの香りも振り切れる気がした。

「……場所、変えるか？」

雅臣がトレーを持ち上げる仕草をして、尋ねた。その問いに、竹志は首を横に振って答えた。

「本当に大丈夫。ちょっと、思っちゃっただけだよ」

「何を？」

ちらりと隣の席の皿を見て、竹志は言った。

「いや……カレーも、やっぱり食べたいよなぁって」

雅臣までが、隣のカレー皿をじっと見つめる。見ず知らずの隣席の人が、気まずそうに会釈をしたので、竹志たちも会釈を返し、自分の皿に向き直った。そして、思わず噴き出していた。

「そっか、カレーか。うん、食いたいよな」

「うん。やっぱりカレーは、食べたくなる……よな」

「そっか……うん、そっか……！」

雅臣はそれ以上は何も言わず、生姜焼きにかぶりついた。何故かどこか、嬉しそうだった。

その顔をありがたく思うと同時に、どこか申し訳なくも思いながら、竹志は自分の弁当箱に再び箸を伸ばした。

（食べたいなら、作ってあげなきゃだよな……）

◆

土曜日。普段とは違う曜日の出勤だ。それだけで、竹志はなんだかそわそわしていた。

　やることは何も変わらないはずなのに、いつもよりきちんとしなくてはいけない気分になるから不思議だ。

（まずは買い物かな。野保さん、何が食べたいっていうだろう？　やっぱりカレーかな。でも野保さんのことだから、困らせないようにって我慢してるのかも……だとしたら、申し訳ないな）

　そんなことを考えて玄関の戸を開けた瞬間、竹志はぎょっと天井を見上げることになった。

　玄関が……いやその先の廊下までもが、靄《もや》のようなものに包まれていたのだ。靄は真っ白で、それほど熱くなく、そしてつんと異臭がする。この原因は……考えるよりも先に竹志は走った。

　目指すは、台所だ。

　進むほどに視界が白くぼやける。おまけに異臭はより強くなっていく。竹志の予感は当たったようだ。

　台所に駆け込むと、案の定、そこはもくもくと立ち上る煙で視界がぼやけているといった有り様だった。そんな中に、かろうじて人影が見える。

　すらりと背の高い人影だ。

「野保さん！　大丈夫ですか！」

慌てて駆け寄ると、険しい顔をさらに険しくしかめている様子が見えた。

「ゴホゴホ……泉くんか？」

「はい！　いったいどうしたんですか？」

言いながら、竹志は何とか手探りでコンロのつまみをひねった。火が消えた感触はあるが、なにせ煙だらけ。ちゃんと消えたかどうかわからない上に、煙が収まる様子もない。

「とりあえず窓を開けましょう」

「火事と間違われないか？」

「火災報知器が鳴るよりマシです！　いいから早く！」

竹志も以前、同じ経験をした。家中真っ白で、頭上では火災報知器が大声で唸りを上げている地獄絵図のような様を。

そんなことになる前にと、竹志は家中走り回って窓という窓を全開にしたのだった。

幸いそれほど充満していたわけではなかったようで、十分もすれば煙は立ち消えた。

リビングは、ようやくいつもの落ち着きを取り戻した。

「いやはや、面目ない」

リビングのソファに座った野保が、深々と頭を下げた。正面に座る竹志は、かえって恐縮してしまった。

「そ、そんな……でも何であんなことに？　そんなにお腹がすいてたんですか？」

竹志はいつもこの時間帯に訪問する。野保ならそれを考えて大人しく待っていそうなものだ。だから、よほどの事情があったのかと心配になった。

だが野保は、気恥ずかしそうに手を振った。

「いやいや、別に今食べたいと思ったんじゃないんだ。ただ作っておいて、君が来たら味を見てもらおうと考えていてな」

「僕が味を見る……ですか？」

野保が頷《うなず》き、先ほどの煙の元凶《もと》である鍋を見せた。真っ黒く焦げた塊が、鍋の壁面にこびりついている。もはや原形を留めていない。

「ええと……作り置きなら僕が作りますよ？　なのに何で野保さんが？」

黒い塊には触れないように気をつけて、竹志は優しく語りかけた。だが野保は、まだ苦い表情を浮かべていた。

「いや、その……君に作ってほしいとは、どうも言いづらくてな」

「どうしてですか？」

野保は、答えの代わりにもう一つ、空き箱を差し出した。先ほどの真っ黒焦げ料理に使ったものなのだろう。

そのパッケージを見て、竹志は言わんとすることが理解できた。その空き箱は、カレーのルーが入っていたものだった。

「ああ、えぇと……」

野保が言葉に詰まる理由がわかって、竹志のほうも言葉をなくしてしまった。

先日、カレーは苦手だと言ったせいで気を遣わせてしまったのだと思うと、心苦しかった。

「す、すみません。この前僕があんなこと言ったせいで……」

「ああ、いいんだ。謝らないでくれ。私のほうこそ申し訳ない」

野保は再び、深く頭を下げた。その様子に、竹志は首をかしげてしまった。

「どうして、野保さんが謝るんですか？」

「君はカレーを作るのは苦手だと言ったが……〝作りたくない〟と言っているように見えてな」

「え」

「もっと言えば、作ることを怖がっているように見えた。違うか？」

竹志はその問いから逃げるように視線を逸らした。

「だから無理に作らせるのではなく、ちょっと味見をして意見を貰うだけにしようと、そう思ったんだが……まさか自分がカレーすらまともに作れん奴だったとはね。いやはや参った」

「そ、そんな……僕だってよくカレー焦がしてました。慣れないうちは仕方ないです」

「……ありがとう」

ぺこりとお辞儀をした野保は、微かに笑っているようにも見えた。だが顔を上げると、神妙な面持ちを浮かべていた。

「泉くん、一つお願いがある」

「な、何でしょうか」

嫌な予感がしていた。だが、尋ね返さないわけにはいかなかった。

野保は、すぐ傍のサイドボードにしまっていたノートを取り出して、そのうちの一ページを開いた。

「私に、このカレーの作り方を指南してほしい」

やはり、と竹志は思った。同時に、背筋を冷たい汗が伝った。

「これを作ってほしいとは言わない。ただ、さっきみたいな事態が起こらないように、見張っていてくれればいい。どうだろうか？」

野保の視線が、まっすぐに突き刺さる。逸らしても、ふわりと退路を断たれているような気がした。

我知らず、竹志は掌《てのひら》を握りしめていた。握った掌《てのひら》は、じっとりと汗が滲んでいる。

（教えるだけだ。それも野保さんの奥さんのカレーだ。いつもみたいに、『？・？・？』を解明しながら作っていく……それだけじゃないか）

野保は何も難しいことは言っていない。酷なことも言っていない。

それはわかっているが、竹志は、どうしても返事ができないでいた。声を発しようとしたら、喉の奥がきゅっと締まるようだった。

（こんなに食べたがってるんだから、いいじゃないか。そう思ってたじゃないか。教えるだけなんだから……！）

固くなった喉を無理やりこじ開けるようにして、竹志は、何とか声を捻り出した。

「……わかり、ました。僕でわかることなら、お手伝いします」

竹志が何とか絞り出したそんな答えを聞き、野保は何度も頷《うなず》いて、喜んだ。

「ありがとう……ありがとうな。大丈夫、材料はまだあるんだ。早速始めようか」

「待ってください。まずはこの鍋を洗わないと」

「ああ、そうか……すまん」

急にしょぼんとしてしまった野保を見てクスリと笑いながら、竹志は鍋を持って立ち上がった。

野保の勢いをくじいたのは申し訳なかったが、自分にも、心の準備がいるのだ。

◆

カレーに欠かせないものはいくつかある。一つはご飯だ。

竹志はまず最初に米を研ぎ、炊飯器をセットした。出来上がりまでの間に、カレーを作ろうと、今度はまな板に向かった。

「じゃあ次は野菜を洗います」

「わかった」

基礎の基礎から、一つ一つ……そう指導してほしいと、野保は言った。

相手は雇い主であり、両親よりも年長であり、何よりも竹志はこの人の世話をするために雇われている。それなのに料理指導をするというのは、何ともちぐはぐな気がしてならなかった。

丁寧に泥を洗い流している野保を見ていると、今にも「そんなことは僕がやります」と言いたくなる。

「大丈夫。晶も君に教わりたいと言っていた」

「え⁉　晶さんもですか？」

心を読まれたのかという驚きでうわずった声を出してしまったが、野保には別の意味に伝わったようだ。

「今、私が料理をしたからといって怒られるようなことはないから、心配しなくていい。だいいち、以前私たちにハンバーグを作れと言ったじゃないか」

「あ、あれは……本当に申し訳ありません……」

「いや良い経験だった。だから、また教わりたいと思っていたんだ。そして教わるなら、最初はカレーがいいとも思っていた」

野保は淡々とそう言った。話す間も手は休めない。あっという間に用意していた野菜の泥を落として机の上に並べていた。

「じゃあ皮を剥きましょうか」

「わかった。このピーラーだな？」

「はい」

そっとにんじんの側面にピーラーの刃を当てると、するすると滑らせていく。刃の動きに従って、皮が一筋一筋、剥けていく。

コツがわかったというように、野保はピーラーの作業に集中し始めた。その間に、竹志はレシピノートに視線を落とした。

書かれている材料、手順、そして『？・？・？』について、もう一度じっくり読んでみた。

（作り方は一般的……俺が教わったのと、そう変わらない。特殊な材料を入れてるってこともない。『?・?・?』に何が入っているかだけなんだけど……）

これまでも、このレシピノートに書かれている料理は『?・?・?』の部分以外はほぼ一般的といえる内容だった。だが料理というのは、いかに一般的でも、作る人間によって仕上がりが違うことが多い。各家庭によってこだわりがあるということだ。

このカレーも、普通の作り方とそう変わらないといえども、竹志が作るのと、野保の妻が作るのとではきっと違う。野保たちは、きっといいと言ってくれるのだろうが、食べ比べをしてみれば違いは出るだろう。

（少しでも奥さんのカレーの味に近づけるなら、やっぱりこの『?・?・?』の部分を判明させないと）

睨《にら》むように、『?・?・?』を見つめた。

そこには、こう書かれていた。

『?・?・?……一皿につきスプーンひとすくい。お好みの量で可！』

そして、こうも書かれていた。

『天ぷらの次の日は絶対これ！』

以前、天ぷらを作った時に野保たちが言っていたことと繋がった。天ぷらの次の日は必ずカレーだった、と。

だがそれにしても謎は残る。

（『ひとすくい』って何だ？　天ぷらの次の日だったら、残りの天ぷらを載せるとかじゃないのか？）

カレーにカツやフライを載せることは多い。ちょっとした変わり種で天ぷらカレーにでもするのかと思ったが、何やら記述が奇妙だった。

天ぷらを載せるのだとしたら、おそらく『一個』などと書くはず。『ひとすくい』とは、何かの調味料のようだった。

首をかしげてうんうん唸っていると、野保が指示を求めて竹志に視線を向けた。

「この後は、どうしたらいい？」

「ああ、はい。じゃあピーラーのこの部分を使って、ジャガイモの芽を取ってください」

「芽？　ああ、なるほど」

竹志が一つだけやってみせると、野保はすぐに別のジャガイモに取りかかった。真剣に手元に視線を落とす野保へ向けて、竹志はぽつりと呟《つぶや》くように尋ねた。

「このカレーって、そんなに美味《おい》しかったんですか？」

野保は、視線を動かさないまま答えた。

「そうだな……妻ががんになる前のカレーや、市販のレトルトカレー、様々食べたんだが、私は、このカレーが一番美味《うま》いと思っている。大げさと思うかもしれないが、本当にそう思ったんだよ」

「へぇ……何か特別な感じがしました？」

「見た目は特に違いはなかったな。だから不思議だったんだが……辛い以外に、なんだかこう……コクがあるというのか？　重厚な味を感じたのは確かだ。カレーなんだが、カレー以外の味も感じたというのかな」

「カレー以外の味……食感はどうでした？　ふんわりとごろごろが一緒だったみたいな？」

「いや、ジャガイモとにんじんがごろごろしているのが一番印象に残ってる。つまりは大抵のカレーと同じだ……ああいや、そういえば時々だが、なんだかカリカリしたな」

「カリカリ……ですか？」

「ああ。噛めないほどではないんだが、時々固いものに当たる感じだ」

「ちょっと固いけど噛める……その感じだと紛れ込むほど小さい……」

加えていうならば、カレーの風味の邪魔をしないもの。しかも、天ぷらと関係がある。

そんなものがあるだろうか？

「……あ」

竹志の頭の中で、ふわりと結びついたものがあった。それならば、すべての条件を満たす。今から用意することも不可能ではない。

「わかりました……この『？？？』が何か」

「本当か？」

竹志は確信して頷《うなず》いていた。おそらく、今自分が思いついた考え以上の答えなどない。試してみなければわからないのに、何故か自信があった。

野保は何やら納得した様子の竹志を見て、疑うような素振りは見せなかった。ただ静かに、頷《うなず》いた。

「そうか。ではあのカレーが再現できるんだな。楽しみだ。さあ、次はどうすればいい？」

「え……えぇと、野菜を切っていきます」

野保の声が、僅かに弾んだ調子になった。

言葉通り、楽しみにしている。それがわかるからこそ、竹志はどうにかして、震えを抑えた。

（これから作るのは、野保さんの奥さんのカレーだ）

そう自分に言い聞かせた。野保の手つきが危ういことも、切った野菜が大きすぎることも、目に入らなかった。

（これは違う。大丈夫。父さんのカレーじゃ、ないんだから……！）

「ジャガイモも、同じように切ればいいのか？」

「え、あ、はい……乱切りです」

乱切りという言葉にピンときていないようだったが、竹志はそのことには気付かず、野保の手元だけを見ていた。

仕方なく野保はジャガイモをまな板に置き、包丁で狙いを定めていた。

「そ、そんなガチガチに固くなって切らなくても……」

「ジャガイモは固いじゃないか」

「にんじんのほうが固いですよ。ジャガイモは固いというより不安定なんですから、そんなに力を入れたら、ぐらついて手を切っちゃいますよ」

竹志は試しに、一つ切って見せた。左手は軽く添えて、右手で包丁をストンと落とす。見た目と違って、ジャガイモとて決して岩の如き固さじゃないと証明して見せたのだった。

「なるほどな」

一度見せると、野保はすぐにコツを掴む。先ほどまでの危うさはすぐに消えた。

野保は、竹志が思っていた以上に理解の早い人だったのだ。

「次はタマネギか。これも同じか？」

「いえ……タマネギはくし切りです」

「くし切りとは？」

「えぇとですね……こうするんです」

竹志は再び、一つ手に取って切って見せた。

端を切り落として、半分に切り、端から放射状に切っていく。千切りや細切りより
も太く、はっきりと形が残っている。その様子を、野保がわかりやすいようにゆっく
りと、丁寧におこなった。

それを見た野保もまた、ふむふむと頷《うなず》いていた。

「肉は……切り落とし肉を、適当に四等分くらい？　よくわからんな」

「たぶん、ざっくり切っていいんだと思いますよ。買ってきたパックのままだと、さ
すがに大きいんじゃないですか？」

「ふむ」

野保はまな板に切り落とし肉を置いて、横割りに四等分で切った。野菜と違って柔らかい分、逆に切るのに手こずっていたようだ。

「ノコギリみたいに引く時に力を入れると切りやすいですよ」

「おお、なるほど」

感心しながら包丁を動かし、切り終えた肉を皿に移すと、野保は次の手順を求めて再びノートに目を移していた。

「あぁ！　野保さん、肉を切った包丁はすぐに洗ってください！」

「何故だ？」

「生肉には雑菌もいっぱいついてるんですよ。あっという間に増えて、食中毒の元になりますから、放置は厳禁なんです！」

「そ、そうなのか……すまんすまん」

竹志が強い口調で注意すると、野保は子供のように決まり悪そうに、シンクに向かった。普段、誰より天井に頭が近い野保が小さくなってしまう姿は、なんだか可笑《おか》しくもあり、同時になんだか申し訳なく思えてしまう。

竹志は罪滅ぼしの気持ちも込めて、横から包丁をそっと取った。

「こうやって洗うんです。必ずお湯じゃなく水で。意外とこびり付いてるので気をつけて……」

「ほう」

感心して竹志の手元を覗き込む野保を見て、竹志は思わずくすりと笑った。

なんだか、どこかで見た光景だ。こちらを見る瞳は一生懸命で、それを見つめ返す瞳はなんだか穏やかで……

「あ……」

その時、ふわりと力が抜けた。

包丁が、手からするりとこぼれ落ちてシンクで音を立てて転がった。

「大丈夫か？　怪我でもしたか？」

野保は慌てて竹志の手を確認したが、そこには傷一つない。泡がついたまま、小刻みに震えているばかりだ。

野保の視線が上に動いた。その視線は、竹志の顔を捉えた。

竹志が、今にも泣きそうな顔で震えている顔を。

「泉くん、どうした？」

その問いに、竹志は答えなかった。

ただ首を横に振って、全身を震わせて、静かに告げただけだった。

「野保さん……ダメです。僕、これ以上はできません」

野保は、眉をぴくりと動かすだけに留め、静かに問い返した。

「……どうしてか、聞いてもいいかね？」

竹志は、震える自分の両手を見つめながら、何とか声を言葉に変えて、答えた。

「父さんの……最後の料理を、僕が作るわけにはいかないんです」

「君のお父さんの、最後の料理？」

こくりと、竹志は小さく頷《うなず》いた。その様が弱々しいものだと、自覚はあった。

「まるで、私が話した千鶴子の最期の様子と同じような言い方だな」

その言葉に竹志は我に返った。自分に向けられた野保の視線が、追及するようであり、気遣わしげでもあった。

答えるのが怖くて、竹志は野保の視線から目を背けた。

「あの……そうは言っても、そんなに大したことはないんです。だから気にしないでください」

「本当に？」

「本当です。だって父が亡くなったのは、もう十年も前の話なんですから。今更そんな……ねぇ？」

「大したことがないなら、どうして作れない？」

そう言われて感じた動揺を、隠す余裕は竹志にはなかった。しまった、と思ってももう遅い。竹志にはもう、視線を逸らすしかできなかった。

だがそれだけでは、野保の厳しい、まっすぐな視線からは逃れられはしなかった。

「君は言ったな。料理は食べたいから作ると。食べてほしいから作ると。君のお父さんは、君に食べさせたくないと思っているのか？　違うだろう」

「あ、あの……もうその話は……僕、仕事に戻ります」

そう言って立ち上がろうとした竹志の腕を、野保はしっかりと掴んだ。その手は、振りほどけないほどに力強く、鋼のように固かった。

「君が、お父さんが作った最後の料理を〝作ってはいけない〟とは何だ？」

野保の声が、静かなリビングに大きく響いた。

野保は、すべてを見通しているのだろうか。竹志はそう思った。それほどに、野保の瞳はまっすぐに、そして鋭く竹志の胸を射貫いていた。

漠然と、逃れられないのだと悟った竹志は、小さく息を吐き出して、ぐっと全身に力を込めた。

「父は……料理上手でした」

竹志が話し始めたのを見て、野保は掴んでいた腕からするりと力を抜いた。だが竹志は立ったまま、そこから動かなかった。

「母も料理は上手だったんですけど、帰ってくる時間が日によってまちまちでした。逆に父は帰る時間がほぼ決まっていたから、必然的に夕飯作りは父が担当することが多かったんです。その様子を見ている僕にも、時々教えてくれました」

「……どんな料理を、教わったんだ？」

「色々です。肉じゃがとか、クリームシチューとか、サンドイッチとか……カレーとか」

竹志の視線が、ふと机の上に並ぶ野菜に向いた。

「僕も、あんなふうに教わりました。野菜の切り方、手の置き方、力加減。洗い物については、まったく同じことを注意されました。やっぱり皆最初は同じなんですね。ははは……」

竹志の笑い声に、野保がつられることはなかった。やがて竹志は笑うのをやめた。そして、唇を噛みながら、ぽつりと語り出した。

「えぇと……まぁ、だから遠足とかピクニックのお弁当も父さんが作ってくれてたんです。前日からおかずを作ったりして、僕はすごく楽しみにしてました」

「例えば、どんな？」

「……カレーです」

「カレーを？　しかし……」

どう考えても、弁当に向いたメニューではなかった。それまで表情を動かさなかった野保も、少し怪訝《けげん》な面持ちに変わった。

誰に言っても同じような反応が返ってくるので、竹志は苦笑いを浮かべていた。

「やっぱり、信じられないですよね。でも、父さんはいつも作ってくれてたんです。あの日も……次の日は久しぶりに家族でピクニックに行こうって約束してて……だから絶対にカレーを作ってって、お願いしてたんです」

竹志の声が、震え出した。だが野保は、止めようとしない。ただ黙って、じっと竹志の言葉を待ってくれている。

竹志は、再び力を込めて、震えをこらえた。

「だけど……うっかりカレーのルーを買い忘れてたんです。絶対に必要なものなのに。父さんは、帰りに母さんに買ってきてもらおうって言ってたんです。でも僕は気持ちが逸《はや》ってて……今すぐ買いに行こうって言ったんです。それで父さんと二人で近くのコンビニに出かけました。そうしたら……そうしたら車が突っ込んできて……すごい音とスピードで……僕と父さんのほうに……！」

そこまで話すと、何も言えなくなった。喉が痺れたように、声を発することができなくなっていた。ただただ、嗚咽が漏れるばかりで、そして全身の震えを止めることもできなくなっていた。

声どころか、呼吸の方法まで忘れてしまったのかと思った。

その時、竹志の手にふわりと柔らかな温かみが伝わってきた。竹志の手からじんわりと温もりがともり、ゆっくりと体を巡っていく。

伝わった先から、震えが止まっていくのがわかった。

野保が伝えてくれた、温もりだった。

「あの日、僕があんなことを言わなければ、事故に遭うこともなかった。僕がわがままを言わなかったら……カレーを作ってなんて言わなかったら……だから、僕がカレーを作るのだけは、ダメなんです」

「……なるほどな」

竹志の手を優しく包んでいた野保の手が、今度は肩をぽんぽんと撫でるように叩いた。

その優しい感触さえ、竹志にとっては心苦しいものだった。自分が感じていいはずのない温かさだ。そう思っていた。

(野保さんは、どう思ったんだろう)

そんなことまで、気になってしまった。呆れただろうか。叱責するだろうか。失望しただろうか。もう来るなと、言われるだろうか。

父の死を思い出す傍らで、そんなことを考えている自分が、たまらなく身勝手な気がしていた。

現に、野保は竹志から手を離した。目の前で腕を組み、深いため息をついて、竹志を見据えていた。そして、吐き出したため息と共に呟《つぶや》いた。

「君は、そうやって何年も、自分を打ち据えてきたのか」

言葉の意味が、咄嗟《とっさ》にはわからなかった。だが、否定することではない気がして、返答しかねていた。黙っていると、野保は肯定と受け取ったらしい。

さらに深いため息をついて、拳を握り、震わせた。

「……情けない」

「そう……ですよね。こんな情けない奴、いないですよね」

「何を言っている。君じゃない。周りの大人が不甲斐ないと言っているんだ」

「……え」

思わず尋ね返した竹志の瞳を、野保の視線は捉えて放さなかった。

「何故、言わない……何故、言ってやらないんだ。君に、『君のせいじゃない』と」

その言葉にたじろいだ竹志の肩を、野保はしっかりと掴んで、放さなかった。竹志はもう、その視線から逃げることはできなかった。

「君はきっと、何度も自分を責めたのだろう。そんな君に、どうして周りの大人は言ってやらなかったんだ。あの時、晶の言葉を精いっぱい否定してくれた君のように、どうして怒鳴ってやらない……！　君の心に届くまで、叫んでやらないんだ。君の周りにいた人たちは……！」

「そ、そんな……皆、言ってくれましたよ。でも、僕がどうしてもそう思えないから……」

「そうか……なら、今更私が何を言ったところで無駄なのかもしれないな。だが、それでも言おう。君のせいじゃない」

野保の声が、まるで鋭くて重い杭のように、胸に突き刺さった。

「やめて、ください……」

「いいや、やめない。やめるのは君だ。いい加減、自分を責めるのは終わりにするんだ」

止まることなく浴びせられる言葉に、竹志は耐えられなかった。力任せに野保の手を振り払い、ひりつく喉を必死に奮い立たせた。

「でも……僕のせいなんですよ！　僕以外の誰を責めればいいんですか！」

「では君のお父さんの気持ちはどうなる。君を恨んでいて、君がずっと沈んだままでいればいいと思っているとでも？」

「それでも仕方ないんです！」

「そんなはずがあるか。父親を馬鹿にするな！」

「じゃあどうすればいいんですか！」

「決まっているだろうが！」

野保の腕が、再び竹志を捉えた。年齢からは想像もつかない膂力《りょりょく》と、何よりも力強い視線に、竹志は縫い止められた。

「泣きなさい」

「……え？」

阿修羅のような形相で紡ぎ出した野保の声は、驚くほどに穏やかなものだった。

「でも……僕には、そんな資格ないんです」

「大切な人を亡くした者が悲しんではいけないことなど、あってたまるか。ちゃんと泣きなさい。ちゃんと、悲しみなさい。自分を傷つけ続けて、悲しみから目を逸らしてはいけない」

「僕は、目を逸らしてたんですか……？」

「そうだ。お父さんの死で、君が弱くなるなど、あってはならないんだ」

「弱く……なる？」

野保はただ、頷《うなず》いた。だがそれは言葉よりも雄弁に、竹志の胸に染み入った。

「ああ、そうだ。悲しみを受け止められず、弱っている」

そんなふうに言われたことは、初めてだった。だが竹志は憤りは感じなかった。自分が抱えていた正体のない焦燥感や罪悪感の輪郭が、今、初めて見えた気がしていた。

「私も、ともすればそうなってしまうかもしれなかった。だが君のおかげで変われそうだ。君が妻のレシピを……妻の想いを形にしてくれたおかげだ。だから向き合うことができたんだ」

野保の妻の想いが籠もったレシピを、竹志はただただ、再現しようと思った。きっと、野保たちが食べたいだろうと。野保たちに食べてほしいだろうと。

それは、亡くなった野保の妻の想いに向き合う助力となっていた。野保が今、はっきりとそう言った。

「遺された者は皆、悲しい気持ちと向き合って生きていくしかない。そのために、強くあらねばならないんだ。私も、晶も、君も」

「野保さん、悲しいってちゃんと思うことが、父さんのためなんでしょうか？」

「ああ、そうだ」

「泣いて、いいんですか？　父さんに、ずっとずっと胸の中にいてほしいって、思ってもいいんですか？」

「当たり前だ」

その言葉は、まるでスイッチのようだった。

野保が頷《うなず》くのを皮切りに、竹志の瞳がじんわりと熱を帯びた。熱くて熱くて、やがて潤み始めた。

気付けば、温かい雫がぽとりと一つ、こぼれていた。同時に、微かな息が、竹志の唇からこぼれていく。

「ふ……うぅ……っ」

一つ落ちれば、また一つ。二つ、三つ……次々と雫がこぼれ落ちていくのを、もはや自分では止められない。俯《うつむ》いて目頭を拭《ぬぐ》う竹志の頭に、また、ぽんと温かな掌《てのひら》が降ってきた。

「悲しんでいい。悲しいまま、強くなろう」

竹志はもう、その顔を見返すことはできなかった。真っ赤になってぐしゃぐしゃに濡れた顔を、見せることになってしまう。

野保はそのままでいいというように、ぽんぽんと静かに、頭を撫で続けていた。

床に、ぽたりと雫が落ちた。とめどなく流れる涙は、拭《ぬぐ》っても拭《ぬぐ》ってもぽろぽろこぼれ落ちる。いつの間にか、唇から漏れ聞こえる嗚咽が、室内に大きく響いていた。

何とか涙を止められないものかと思っていた矢先、竹志の眼前に、大きな箱が差し出された。リビングにあったティッシュボックスだ。

「ん」

見ると、晶が唇を尖らせて、ぶっきらぼうに差し出している。

「使ったら？」

竹志はますます顔を上げづらくなった。自分の顔が、やはり涙だけではなく鼻水も合わさってぐしゃぐしゃになっているのだとわかったからだ。そしてそれを、野保にも晶にもはっきり見られてしまっているのだ。

だが野保は、怪訝《けげん》な表情で晶を見上げていた。

「晶、来てたのか」

「ついさっきね」

「……お前も、聞いていたんだな」

「二人が深刻そうに話してたから入りづらかったけど、まぁ……聞いたわ。それよりも、鼻水拭きなさいよ」

「……いただきます」

竹志は一枚遠慮がちに抜き取った。だが晶は、追いかけるように箱をぐいぐい押しつけてくる。箱ごと渡そうとしているらしい。

竹志はおずおずと箱を受け取り、ぺこりと頭を下げた。

「ありがとう、ございます」

その言葉に、晶は照れくさそうに顔を背けた。

「それで、いつ？」

「何がです？」

「カレーよ。いつできるのよ」

そんな投げつけるような言葉に、野保は呆れてため息をついていた。

「晶……お前なぁ、ちょっとは配慮しないか」

「え？　あ、いや、違う……！　今のは早く作れって急かしてるんじゃなくて、その……うちの母がレシピを遺したのと同じで、あなたのお父さんも、もっとバンバン作って食べてほしいから作り方を教えたんじゃないかって……そう思うわけよ」

「バンバン……？」

そういえば以前、晶に向けて、そんな言い方をした気がする。

ふわりとそんなことを思い出していたら、晶に同意するように、野保は竹志の肩にぽんと手を置いた。

「それをこうして……初心者に教えられるまでになっているんだから、まったく大したもんだ。君はお父さんに、ずっと胸の中にいてほしいと言っていたが、もう、ちゃんと君の中に息づいているんじゃないか？」

「そう、なんでしょうか？」

野保は、しっかりと頷《うなず》いた。晶もまた、おずおずと頷《うなず》いた。

二人に、認めてもらえた。

竹志の胸の内に、ぽつりと温かな灯火がともった気がした。

竹志は二人に背中を向けて、思い切り鼻をかんだ。全部、流しきった。

くるりと振り向いた竹志の目には、もう涙は浮かんでいなかった。

「あの……大丈夫？　別に無理にどうしても、とは言わないからね？」

「大丈夫。僕も、久しぶりにカレー食べたいです！」

竹志は、ちゃんと笑えているか、ほんの少し不安だった。

だがそれが杞憂であるとわかった。自分の顔を見返す野保と晶が、穏やかに微笑《ほほえ》んで頷《うなず》き返してくれていたからだ。

「この『？？？』の部分も、試してみましょう」

「え、そんなところまでわかったの？」

「泉くん、別に今日はそこまでしてくれなくてもいいんだぞ？」

野保も晶も、レシピの再現までは頼むつもりはなかったらしい。

だが逆に竹志のほうが勢いづいていた。なにせ、あの『？？？』の正体に気付いてしまったのだから。

これまでもずっとそうだった。

気付いたのなら、やらねば……そう思った。

竹志はゆっくりと首を横に振って、答えた。

「僕が、作りたいんです。だから……一つ、買ってきてほしいものがあります」

◆

買い物に行った晶が戻ってくるのを待って、料理は再開となった。

今度は晶もエプロンを着けて、野保と共に鍋の前に立った。

「じゃあ、野菜を切り終わったところから再開です。レシピにもある通り、次は切った野菜と肉を炒めます」

「炒める？　いきなり煮てはダメなのか？」

「う～ん、理由は色々あるんですけど……とりあえず一番は、旨味を逃さないから、らしいです」

「旨味？」

「あとは炒めることで甘み成分が引き立つとか、煮崩れしにくくなるとか……色々聞きました」

ちなみにこの話を聞いたのは、竹志の母・麻耶からだ。栄養士が言うのだからと、竹志が念を押すと、野保も晶も、しみじみ頷《うなず》いていた。

「なるほどな。料理も化学というわけか」

「僕はそこまで細かく考えて料理してないんですけどね……ははは」

そんなことを話しつつ、竹志はシチュー用の鍋を取り出し、油を引いた。コンロの火を点け、鍋の中が温まってきた頃に、まずタマネギを投入した。

僅かに付着していた水分が弾けて、じゅわっと力強い音がした。

「焦げ付かないように、時々かき混ぜてください」

そう言い、持っていた木べらを野保に渡した。

「焦げないように、とは……どれくらいで焦げるんだ？」

「そのまま放置してると鍋に接してる部分から焦げますよ。だからこう……そっと、一箇所に固めすぎないように……火ももう少し弱くしてですね」

自分が木べらを奪ってしまわないように、竹志は努めて丁寧に、説明した。今日は竹志が作るのではなく、あくまで、野保たちに作り方を教える日なのだ。

野保の手つきが良くなると、今度は晶に任せてみる。晶は、野保よりは手慣れていた。その分、少し荒々しかった。

二人の手でかき混ぜられているうち、鍋の中のタマネギは真っ白から飴色へと色を変えた。同時に、ほんのり甘い香りが漂ってくるのだった。

「よし、タマネギが良い感じだから、次は一気に入れましょうか」

そう言うと、竹志は二人を促した。野菜の載った皿、肉の載った皿、それぞれを野保と晶に持たせて鍋の前に立たせた。

「はい、投入！」

竹志の声に従って、二人が一斉に皿を鍋に傾けた。

しんなりしたタマネギが鍋の底を覆っていただけだったが、一瞬にして、鍋は具たっぷりの様相に変わった。鍋の中が、一気にごろごろと重い音を響かせ始めた。

鍋の中身をこぼさないように、しかし、しっかり底からひっくり返す。そんなことを、野保と晶が交互に行っている。

そのびくびくしながらも、やや大胆な様子が、なんだか微笑《ほほえ》ましかった。

（昔、俺もあんなふうにしてたな。父さんは、横でじっと見ていたっけ）

竹志も同じように、ただ、見守っていた。

「うん、肉に火が通ったし、炒めるのは大丈夫そうですね。それじゃあ水を入れましょう」

「わかった」

晶は、手近な片手鍋を手に取った。そのまま蛇口を捻ろうとしたその手を、竹志は力いっぱい止めた。

「レシピを見てください。ちゃんと分量が書いてあるでしょう？」

「え、でもだいたい鍋いっぱいだったんだし、量らなくても……」

「〝だいたい〟とか〝目分量〟が許されるのはベテランになってからです」

竹志の瞳が、笑いながらも燃えていた。それが怒りの炎だと、晶は経験から理解した。同じように、竹志の厳格さを理解している野保が、晶からそっと鍋を奪った。

「晶、お前が悪い」

「わ、わかったってば」

自棄《やけ》気味に計量カップを受け取って、晶は水を思い切り流し込んだ。

計量カップから注がれた水が鍋の中を覆っていく。先ほどまで響いていた油が撥ねる音も、水面に吸い込まれていくように大人しくなった。

「この後はどうすれば？」

「もう少ししたら灰汁《あく》が出てくるので、それを取ります。そしたらルーを入れて、後はしばらく、ぐつぐつさせます」

「……それだけ？」

「それだけです。簡単でしょ？」

野保が怪訝《けげん》な面持ちでレシピを確認した。だがそこには竹志が言った通りのことしか書かれていない。当然だ。書かれているのと同じことを話したのだから。

「カレーは料理の基本ですからね。スパイスのおかげで失敗もしにくいですし」

「こんなに簡単なら、もっと早く試していればよかったな」

「でしょ？　まぁ簡単な分、奥も深いんですけどね。凝ったモノにしようと思えば、いくらでも方法があるっていうのも事実で……」

「このレシピの『？？？』の部分のようにか？」

「そうです」

竹志はニヤリと笑うと、机の上に置いておいた袋に手を伸ばした。先ほど、晶が買ってきてくれたものだ。野保も晶も見覚えのある、中身がぎっしりと詰まった袋だ。袋に書かれているのは、『天ぷら粉』の文字。

「でもこのレシピは幸いなことに、すっごく簡単に、さらに美味《おい》しくできるみたいです」

空のボウルに、天ぷら粉をどさっと流し入れた。とはいえ、きちんとキッチンスケールの上に置いて、だが。以前天ぷらを作った時よりも少ない分量を量り取り、それに合う分量の水を流し入れた。そして、伝家の宝刀と言わんばかりに、鶏ガラスープの素を取り出す。もはや野保家の天ぷらには欠かせない。

それらを全部ボウルに詰め込み、そっと優しく、素早く、混ぜ合わせていく。

「鍋の様子も見てもらえませんか？　灰汁が出てたら、お玉で取ってください」

「ああ、出ているな。取ったらルーを入れればいいんだな？」

「そうですけど、一旦火を止めてくださいね？」

「わかっているよ」

竹志は手早く天ぷら粉をかき混ぜ、衣のタネの状態にまで仕上げると、コンロに向かった。

野保は、言われずともきっちり火を止めて、それからルーを割り入れていた。ぐるぐる、ぐるぐる、ゆっくりとかき回してブロック状のルーを溶かしている。

手元に置いたレシピに書かれてある通りに。

「ちゃんと〝言う通り〟にしているとも」

「はい。〝言う通り〟にやれば美味《おい》しく出来上がるのが、レシピですからね」

竹志の言葉に、晶がほんの少し気まずい顔をした。先ほど〝言う通り〟にしようとしなかった負い目だろうか。

ルーが完全に溶けて形をなくしたのを見て、竹志は鍋に蓋をした。

「あとは煮込むだけです。じゃあ、ここからが最後の仕上げです」

カレーが煮えている鍋の隣に、もう一つ鍋を出す。中に油をなみなみ注ぐと、コンロに火を点けた。しばらく待っていると、油の海から熱気が上り始める。

先日天ぷらを揚げた時と同じように、タネからひとしずく、油の中にぽたりと落とす。ゆっくり沈んで、ふんわりと浮き上がる。浮き上がるとパチパチと威勢の良い音を上げて、丸く固まっていく。

「よし」

その様子を見て頷《うなず》いた竹志は、菜箸を泡立て器に持ち替えた。そして、タネの入ったボウルに突っ込んでから、熱くなった油の海に浸けた。そのままゆっくり回すと、丸い玉が次々浮き上がり、鍋の表面を覆い尽くしていった。

「これも……天ぷら？」

「そうですね、揚げ玉です。天ぷらを作った時に剥がれた衣とかがあったでしょう？ああいう天ぷらの残りです。今は、天ぷらを作っていないから、この揚げ玉だけ作ってますけど」

乳白色だったタネは、あっという間に丸く固まり、ビーズのようにコロコロと油の表面を揺れていた。竹志はそれらをすべて網ですくい上げた。

「そっちはどうですか？」

カレーの鍋のほうを見て尋ねると、野保が蓋を開けて、中を覗き込んだ。籠もっていた湯気が野保の顔に一斉に覆い被さったが、野保はそれをさらりと振り払っていた。

そして、お玉でゆっくりとかき回して……

「うん。とろとろしているな」

「じゃあ、出来上がりですね」

カレーの仕上がりには色々ある。もっと弱火でじっくり煮込んだり、翌朝まで寝かせたカレーが一番だという声もある。だが野保の妻のレシピに書かれていたのは、こんなこと。

『蓋をして約十分でＯＫ』


ちょうど、ご飯の炊き上がりを知らせる音が鳴り響いた。蓋を開けると、良い香りを含んだ湯気がもくもく立ち上り、その奥にはつやつやで真っ白なご飯が見えた。

野保はまたも湯気に襲われながらも、皿いっぱいにふかふかのご飯を盛る。その上から出来上がったカレーをひとすくい、ふたすくい、とろりとかけていった。

「ああ、なんだか懐かしいな」

「うん、お母さんのカレーって、こんなだった……いや、もうちょっとだけ何か足りないんだけど……？」

晶はそう呟《つぶや》きつつ、竹志のほうを窺い見た。その足りない〝何か〟を、促していた。

竹志はニヤリと笑って、先ほどの揚げ玉をスプーンでひとすくいした。そして、ほくほくと湯気が立ち上るカレーの上に振りかけた。

スプーンでカレーを少しだけ上からかけて、その姿が隠れるように揚げ玉を混ぜ込めば、完成だ。

真っ白でふかふかのご飯がたっぷり。その上には野菜と肉がごろごろしているカレーがたっぷり。その中には淡い色の揚げ玉がちらほら見える。

出来上がりの写真と同じになった。

「これが、野保家のカレーです！」

◆

ご飯とカレーと野菜、できるだけ揚げ玉も入るようにそっとすくい、一息に口の中へ。コクと辛味がきいたカレーがすべてと絡み合って、口の中に広がっていく。

「美味《うま》い……！」

野保の一言に晶も頷《うなず》き、竹志もまた、同意していた。

「うん、お母さんの作るカレーの味だわ」

「これすっごく美味《おい》しいですね！　揚げ玉の味も合わさってコクが増してる感じがします」

竹志は満面の笑みで、ぱくぱく食べ進めていた。堪能するスピードが、この場の誰よりも速いのだった。

対して野保と晶は、じっくり一口一口を噛みしめていた。

「そうだった。野菜以外に何か小さい粒が入ってたんだったな」

「それが何かは、教えてくれなかったのよね。そうか、揚げ玉だったんだ……だから天ぷらの次の日だったのね」

「そうですね。天ぷらを揚げて、できた揚げ玉をトッピングするなんて、最初は思いつきませんでしたよ」

　そう言うと、竹志はまた一口、頬張った。噛む度に揚げ玉のサクサクカリカリした食感とご飯のふんわりした食感が、口の中で同時に感じられて、なんだかお得な気分だった。しかもカレーの辛味と、だしの旨味も同時にやってくる。

「口の中がなんか忙しいですね。でも……すごく美味《おい》しい……！」

「泉くんにそう言ってもらえたら、妻も喜ぶだろう」

「そ、そうでしょうか？」

「ああ」

　野保はそう言って、ほんのり笑みを浮かべていた。少し視線を動かすと、晶もまた、うっすら笑っていた。その笑みが、二人とも似ていると感じたのだが、竹志は口には出さないでおいた。

　その代わりに、別のことを口に出そうと思った。

　先ほど考えついたことだ。

「あの……二人にお願いがあるんですが、いいでしょうか？」

「何だ?」

野保と晶、二人ともスプーンを置いて、竹志のほうを向いた。二人分の視線を受けて、一瞬怯んだ竹志だったが、自分もスプーンを置いて、意を決した。

「あの……明日、僕と一緒に行ってほしいところがあるんです」

「行ってほしい場所?」

「でも明日って……」

晶は言葉を濁した。だが、竹志はその濁した言葉をすくい取って、はっきりと告げた。

「はい。父の命日です。でも墓参りは午前中に終える予定ですし、命日だからこそ、行きたいんです。僕の勝手な都合で申し訳ないですけど……野保さんたちに、一緒に来てほしいんです」

竹志の目は、とても静かだった。言葉では激しく懇願しているが、それを告げる竹志自身の空気は、凪《な》いだ海のようだった。

野保は晶と一度視線を交わした後、頷《うなず》いた。

「わかった。行こう」

「ありがとうございます」

野保が答えると、竹志は、今度は何故だかもじもじし始めた。二十歳手前の大の男が、幼稚園児のように見える仕草だった。

「……今度は何？　まだ何かお願いごとがあるの？」

「あ、いえ……これはその、どうしてもってわけじゃないんですけど……できたら、でいいんですが……」

「はっきり言う！」

「はいすみません！」

叱られた子供のように、竹志ががばっと立ち上がり、何故かお辞儀をしながら叫んだ。

「このカレー、僕にください！」

野保も晶も目を丸くしていたが、深々と頭を下げていたせいで、竹志はそれに気付かずにいた。

◆

「ただいま」

竹志が家に戻ると、家の中には既に灯りがついていた。今日は母が早番で先に帰ってきている日だ。

「おかえり。勤労、ご苦労さん」

キッチンからひょこっと顔を出した母・麻耶がそう言った。そう言った傍から、良い香りが漂ってくる。早番の日は、母が夕飯を作ってくれるのだった。

もうすぐ出来上がりとわかる香りに刺激されて、竹志のお腹がきゅうっと鳴った。

先ほどのカレーは美味《おい》しかったが、一人前は食べていないことと、その後、作り置きするために別の料理をたくさん作った労働のおかげで、竹志は腹ぺこでヘトヘトだった。

キッチンの調理台に、持って帰った荷物を置くことすら、重労働に感じていた。

「ごめん、これ片付けたらすぐ手伝う」

「いいよ、もうすぐできるし……って、何？　いっぱい買い込んだね」

竹志が置いた荷物は、普段の買い物よりも多かった。それに加えて、大きな紙袋もあり、中にはこの家のものとは違う鍋が入っていた。

「これ、どうしたの？」

「ああ、これは……野保さんに言って、貰ったんだ」

結局、中身が何か言っていない。怪訝《けげん》な面持ちで、麻耶は鍋の蓋を開けた。その中身を見て、麻耶は驚いて竹志を振り返った。

竹志は、どう言おうか困っているようだった。こういう時に、自分の気持ちを言い表すことに関しては、すごく不器用なのだった。

「え、えーと……明日、野保さんたちと出かけようって話になって……あ、俺が頼んだんだけど……あ、昼からね？　母さんもできれば一緒に……事後承諾で悪いけど」

「あーうん、まぁそれはいいんだけど……これは？」

鍋の中に入っていたのは、カレーだった。

竹志の父……麻耶の夫が亡くなって以降、竹志が頑なに作ろうとしなかった料理だった。その理由を、麻耶は薄々察していたらしい。だから、今までお互いに『カレーが食べたい』とは言わなかった。

それが今日、竹志のほうから持ち帰ってきた。

竹志は視線を彷徨《さまよ》わせながら、言葉を探りながら、おずおずと話し始めた。

「だ、だからさ……久しぶりにアレ、作ろうと思うんだ」

「アレって……」

「ほら、父さんがよく作ってくれたアレ」

我知らず、竹志の視線が父の写真に向いた。まるで、許しを請うように。

「……いいかな？」

そんな写真の中の父は、いつだって笑っている。その言葉を代弁するように、麻耶は竹志の頭にぽんと手を置いた。

「いいに決まってるでしょ」

麻耶の手が、そのまま力任せに竹志の髪をくしゃくしゃに撫で回した。家の中には二人のじゃれ合う声が響いた。おかげで、竹志も麻耶も目元が滲んでいたことはお互いに知られずにすんだのだった。

写真の中に収まる父は、その様子をとめどなく、微笑《ほほえ》みながら見つめていたのだった。

おかわり　カレーの次の日は……

最寄り駅から徒歩五分。野保家からは徒歩十五分。

そこが、待ち合わせ場所……竹志の通う大学だ。

大きな門は休日でも開放されている。当然、学生以外でもくぐることはできる。

門をくぐってすぐに見えるのは、図書館だ。その堂々たる佇まいは、広大な敷地内でもひときわ大きい。

その裏に、目的地はある。

本の森の奥にもまた、緑が溢れている。それが特色の一つだ。

図書館の横には、銀杏《いちょう》の並木道が続いている。今の時期はまだ緑に包まれているそこを抜けると、今度は陽光を目いっぱい浴びて広がる芝生が出迎えてくれる。平日の、学生が溢れている時などはスポーツをする者もいるし、付属の幼稚園の子供たちがここに散歩に来ることもある。野保のように、近隣住民が遊びに来ることも多い。

「やれやれ、それにしても来るのは久しぶりだ」

緑の芝生にレジャーシートを広げて、野保は座り込んだ。

他の訪問者もちらほら見える。学生ではなく、近隣に住む家族連れのようだ。昔は野保たち家族も、よく来ていた。晶が生まれて、最初に〝お出かけ〟した先が、ここだった。

野保自身はどちらかといえば出不精だったが、妻は違った。フットワークが軽く、どこそこが楽しかったという噂を聞けば、すぐにそこへ行きたがった。その度に、よく車を走らせていたものだ。

思えば晶の車好きは、そういった経験から培ったものなのかもしれない。

くすりと笑いながら、野保は持ってきた荷物から紙コップの束を取り出した。二つ取り出し、片方にはクーラーボックスに入れていたオレンジジュースを注いだ。そしてもう片方には、同じくクーラーボックスに入れていたビールの缶を取り出し、中身を注いだ。金色の波が立ち、すぐに真っ白い細かな泡が覆っていった。

野保はそれに口をつけることはせず、ただコップ同士をコツンと当てて、そのままシートの上に並べておいた。

その後、靴を脱いでシートの上に足を投げ出した。久しぶりに、我が家以外で四肢を投げ出して寝転んでみた。懐かしい芝の感触を背中に感じる。

妻が亡くなって、引っ張り出してくれる者がいなくなり、こんな近場ですら足を運ばなくなっていた。だが、今日久々に来てみれば、何ともいえない心地良さに包まれている。

柔らかな芝の感触、緑の香り、家族連れの笑い声、風に撫でられるくすぐったさ。

それらすべて、今日ここに来てほしいと言った竹志のおかげで、感じることができたものだ。

（彼に、感謝しないとな）

そう思ったその時、野保のいるシートに足音が近づいてきた。一人だ。

晶か、もしくは竹志か。姿勢は変えないままその人物を見上げた。

「！　あなたは……！」

「あはは～どうも」

そこに立っていたのは、竹志の母・麻耶だった。

野保は慌てて立ち上がり、深々と頭を下げた。

「ご無沙汰しております。息子さんには、いつもお世話になっております」

「とんでもない。こちらこそ」

麻耶もまた頭を下げた。お互いにお辞儀合戦になる前に、そろそろと顔を上げる。

だが以前顔を合わせた時は少し気まずい状況だっただけに、今もどう話を切り出せばいいかわからずにいる。

「ご主人のお墓参りは、無事に？」

「ああ、はい。草ボーボーだったけど、二人がかりでちゃちゃっと済ませましたよ」

「そ、そうですか」

会話は、また途切れた。

もともと人と話すのがそれほど得意ではない野保にとって、この状況は苦痛だった。何か話さなければ申し訳ない相手であるだけに。

「あのぅ……」

声を発したのは、麻耶が先だった。ぴくりと身を固くした野保に、麻耶は再び、静かに頭を下げた。

「昨日は、本当にありがとうございました」

「な、何のお話でしょうか？」

「息子の話を聞いてくださったことです。あの子、すごく良い顔をして帰ってきました。聞けば、父親のことで少し考えが変わったそうで」

麻耶の声は明るく、そして微かに震えていた。野保を見つめる目元には、うっすら涙が浮かんでいるように見えた。

「いえ、私のほうこそ。息子さんは妻のことを懸命に思ってくださった。感謝の言葉もない。それに……」

「それに？」

「彼のおかげで、ほんの少しだが、娘との会話が増えました」

「……それは、良かった」

どちらともなく、ふわりと笑みがこぼれていた。竹志の話になると、野保は不思議と笑うことが多くなる。晶も、麻耶も同じようだ。

「晶は忘れ物を取りに帰っているんですが、泉くん……息子さんは？」

「うちのも、忘れ物があるから先に行くように言われました」

「同じ……ですね。よければお座りください」

「どうも」

野保がレジャーシートの一角を勧めると、麻耶はちょこんと座った。その時、コップが視界に入ったようだった。紙コップが、二つ並んでいるのだ。

「どなたかいらしてたんですか？」

「ああ、いや……これは妻の分でして……失礼」

なみなみと入っていたオレンジジュースを野保は一気に飲み干そうとした。それを、麻耶が横から止めた。

「いいじゃないですか。奥さんもご一緒に」

「……いいんですか？」

気味悪く思うかもしれないと懸念したが、それは杞憂だったようだ。麻耶は頷《うなず》いて、置いてあった紙コップの束から一つ抜き取った。

「私も、ご一緒させてください」

「もちろん……イケる口ですか？」

「あら意外。そんなことを仰るとは思いませんでした。じゃあ……せっかくだし、いただきますね」

野保はクーラーボックスにしまっていたビールの缶をもう一つ取り出した。

ぷしゅっと、空気の噴き出す音と共に、苦みを含んだ香りが漂ってくる。コップを傾けて、泡に覆い尽くされないように気をつけながら注ぐと、ビールがコップの中で波打っていた。

「そういえば……ご主人は、お酒は？」

「ビールは好きでしたよ」

「そうですか。それは良かった」

そう言うと、野保は紙コップをもう一つ取り出し、缶ビールの残り半分を注いだ。小さな泡がコップの中でしゅわしゅわ弾けて、金色のビールと交わっていく。

「今日は特別ということで……少しだけ、いいでしょう」

野保は自分の紙コップを掲げた。麻耶も、先ほど注がれたばかりの二つの紙コップを持ち上げた。その片方を野保の掲げるコップに当てる。空中で合わさった二つは、か細く鈍い音を立てた。

野保は、続いて麻耶が持っているもう片方のコップにも、コツンと当てた。

「……ありがとうございます」

麻耶も、シートの上に置かれていたジュースの入ったコップに、そっと自分のコップを当てた。

コップの中が僅かに揺れて、さざ波が立っていた。

その様子を、互いにしっかりと見届けた、その時。

「おーい、母さん！　野保さーん！」

やけに大きな荷物を抱えた竹志と晶が、並んで歩いてきたのだった。

◆

遡ること数分前。

晶は、住宅街から大学正門に続くゆるい坂道を歩いていた。大きな荷物は野保が持っていってくれた。自分は手荷物と、そこに忍ばせた〝忘れ物〟だけを抱えている。

（ここ、歩くの久しぶり）

家の前からずっと続く道を見て、晶は感慨深い思いに駆られていた。

大学前の道は、晶にとっては近所。遊び場であり、通学路であり、庭のようなものだ。幼い頃から慣れ親しんだ道とはいえ、歩いて通るのは久しぶりだった。

大学に入ってからは、家を出て一人暮らしをしていた。就職してからは、思い切って車を買った。母が病気になったからだ。父が仕事で忙しくても自分が母を連れ出してあげられるようにと思ってのことだった。以来、徒歩では来ていない。

ここを歩いたのは母と二人で散歩した時以来だから、もう何年も前になる。陽光の目映《まばゆ》さと、緑の香りを風が運んでくる感触に同時に触れるのも。

「こんなに、気持ちよかったんだ……」

すぅっと香りごと空気を吸い込んで、呟《つぶや》いた。もう、しばらく感じていない心地良さだった。

「何がです？」

その声は、耳元近くで聞こえた。

「は⁉　な、何⁉」

慌ててキョロキョロ周囲を見回すと、晶と同じくらいたじろいでいる竹志と目が合った。どうやら晶の大声に驚いたらしいが、驚かされたのはこっちが先だ。とはいえ、戸惑っている様など見せたくない。

晶は慌てて平静を装い直し、ごほんと厳かに咳払いをして、竹志に挨拶した。

「ど、どうも」

「はい……あの、大丈夫ですか？　僕、そんなびっくりさせちゃいました？」

「全然。誰がびっくりしてたって？」

「はい、まぁ……平気ならいいです」

何やら引っかかる言い方ではあるが、その話題は終わらせたい。晶は、ところで、と別の話題を口にした。

「出かける直前に、いきなりあんなメッセージ送ってくるの、やめてくれる？　焦ったじゃない」

「……ああ。ごめんなさい、僕もいきなり思いついたんで」

竹志は悪びれずに言った。謝ったものの、良いことをしていると確信しているのだろう。ほんの少し、面白くない。

先ほど、実家に行って荷物を持って出かけた矢先、竹志からメッセージが届いたのだ。ある物を、持ってきてほしいと。

家からそれほど離れていなかったこと、父との道中の会話が見つからず気まずかったこと、何より竹志の案自体には賛成だったことから、晶はすぐに引き返したのだった。父には「忘れ物をした」と言って。

「持ってきてくれました？」

「当たり前でしょ。そっちは?」

晶の問いに、竹志は笑みで答えた。ついでに鞄の中を小さく叩いたことで、証明しているらしい。

見ると竹志ははち切れんばかりに膨らんだ鞄を提げていた。いつもの家事道具が入ったバッグなど目じゃないくらいパンパンだ。この中に入れられたなら、竹志のほうの〝忘れ物〟もかわいそうなんじゃないかと、ほんの少し思えた。

「ま、まぁ……確かに私たち四人だけだったら主役を欠いてるようなものだもんね」

「でしょ」

竹志の自慢げな顔を見て、晶は褒めるんじゃなかったと後悔した。

この竹志という少年……もう大学生なのだが、どうにも少年という呼び方のほうがしっくりくる少年は、晶が最初に抱いた印象よりも数段したたかだったようだ。

普段の印象は温厚、少し知ると親切、父を通じて人柄を知ると頼もしい……そして厳しい。知れば知るほどに、色々な顔が見えてくる。

だが今日のような、したたかでありつつもどこか皆が驚くのを楽しみにしている子供のような顔は、初めて見た。

(色んな意味で、底の知れない子……)

でもだからこそ、感謝している。

今日、こんなふうに心地良い風に吹かれているのは、竹志のおかげなのだから。

家事代行を頼んだのが竹志でなければ、きっと、今日という日は来ていなかった。

晶は、そう確信していた。

「ねえ」

呼びかけると、竹志はふわりと振り返った。晶の次の言葉を、待っている。

「これからも、よろしくね」

「……へ？」

竹志は、きょとんとしてまじまじと晶を見ている。よくよく考えれば、何が「よろしく」なのか、はっきり言っていなかった。だが今更詳しく言うのは気恥ずかしい。

逡巡した後、晶はびしっと指を立てた。

「あのノート、まだまだたくさんレシピが載ってるでしょ。あれ全部、作ってよね」

「……え？」

まだ、目をぱちくりさせて晶を見返している。晶は一瞬、不安になった。もしや竹志のほうはそんなことは思っていなかったのかもしれない。もっと割の良いアルバイトが見つかったのかもしれない。あのレシピの再現には実は辟易していたのかもしれない。

様々な考えが頭の中を巡ったが、けろりとした竹志の声が、それらを吹き飛ばした。

「何言ってるんですか。当たり前でしょ」

「あ、当たり前……なの？」

事もなげに、竹志は頷《うなず》いた。

「だって僕が見つけたんですもん。ここまできたら、僕が全部解明しないと。野保さんたちじゃあ、わからないでしょうし」

ニヤリと、竹志は笑っていた。悔しいが言い返せない。間違いなく、晶と野保だけでは解けないいだろう。竹志がいないと。

「うん……頼りにしてる」

そんな晶の悔し紛れの呟《つぶや》きは聞こえたのかどうかはわからない。

竹志は首をかしげていたが、すぐに遠くのほうに目を向けた。その先には、よく見知った人が二人、レジャーシートに座っていた。その向こうには青々とした芝生。昔、家族でよく訪れた懐かしい場所だ。

「おーい、母さん！　野保さーん！」

子供のように元気に手を振る竹志の背中を見ながら、晶はしばし、その僅かな懐古の気持ちに浸ることにした。

◆

「遅いよ。何してたの？」

厳しい言葉とは裏腹に、麻耶はニコニコして竹志と晶の二人を出迎えた。

竹志は、何やら大荷物だ。持っていたものを下ろすと、重々しい音が響いた。鞄の中からは色々なものが出てきた。皿にフォーク、爪楊枝付きの割り箸、おしぼり、醤油に塩にケチャップ等々。

「言ってくれたらいくつか持ってきたのに」

「いや、飲み物を持ってきてもらうことになってたから、それ以上は申し訳ないと思って……」

困ったように言う竹志を見て、野保も晶もため息をついた。

「君は変なところで厳しいくせに、変なところで遠慮をするなぁ」

「まったくもって同意するわ」

「え、えぇぇ……!?」

竹志のほうは、同意できない。そんなあべこべな空気を、麻耶がニコニコしながら振り払った。

「はいはい。どっちもありがとうね。それで？　忘れ物って何だったの？」

麻耶が尋ねると、竹志と晶、二人とも笑った。かと思うと、何故かもじもじ恥ずかしそうにし始めた。

怪訝《けげん》な顔を向けられると、ようやくバッグからそっと何かを取り出した。

それは丁寧に布にくるまれていた。そろりと包みを解いていくと、二人の包みから、同じものが姿を現した。

写真立てだ。だが入っている写真は、それぞれ違う。片方は野保の妻が、もう片方は竹志の父が、それぞれ写真の中から微笑《ほほえ》みかけていた。

「今日は、皆一緒に来られたらと思って」

竹志も晶も、くるんでいた布でそっと顔のあたりを拭《ぬぐ》って、レジャーシートの上に置いた。今日の集まりを見守っているようにも見える。

「いいね。こんなの久しぶり」

麻耶の瞳が、再びじんわり滲んでいた。誰も声には出さなかったが、ほのかに浮かべた笑みが、麻耶の言葉への同意を示している。

「家族でなんて、もう何年も来てなかったなぁ……きっとお母さん、喜んでるよね」

「はい、僕の父さんも」

「それで？　このピクニックの〝主役〟は、いったい何なんだ？」

野保に問われ、竹志はむふふと笑った。そして脇に置いていた大きめの弁当を引っ張り出し、その包みを解いた。

中に入っていたのは二段重ねの弁当箱。上の段の蓋を開けると、鮮やかなおかずたちがぱっと姿を現した。

卵焼き、ウインナー、ブロッコリー、唐揚げ、フライドポテト……定番の嬉しいおかずでいっぱいだった。

感嘆の声を漏らす野保たちの顔を見回して、竹志は、やや勿体ぶりながら下の段の蓋に手をかけた。

「今日の主役は……コレです」

ぱかっと、音を立てて開いた中には、たくさんのサンドイッチが、またもぎゅうぎゅうに詰まっていた。ぎゅうぎゅう詰めになったパンの間に挟まっているのは、肉や野菜などではない、何やら塊だった。色は茶色。チョコレートよりは淡く、ピーナッツバターなどよりは濃い色だ。

「あれ？　この香り……もしかして、カレー？」

ぽつりと呟《つぶや》いた晶に、竹志は顔を綻《ほころ》ばせて頷《うなず》いた。

「正解です！　昨日野保さんたちが作ったカレーを使った、リメイク・カレーサンドイッチです」

麻耶は、驚く野保と晶の顔をニコニコと眺めていた。

「これねぇ……主人がいつも作ってくれてたんですよ。遠足とかピクニックの時に。お二人のおかげで、久々に食べられました」

麻耶は感慨深そうにそう言うと、二人に向けて、どうぞと手で示した。

野保と晶は、目を見合わせて、おずおずと一つずつ手にした。

「カレーがサンドイッチになるのね」

「温めてシチュー状に戻す前に挟んじゃうんです。そうしたらこぼれないし、味もそのまま食べられる……って、父さんが自慢げに言ってました」

少し固いままの、しかしふんわりした感触は残ったままのサンドイッチを、麻耶も竹志も手に取った。

互いに視線を交わして頷《うなず》くと、四人が同時に、ぱくっと一口、頬張った。

すると、四人分の大きな声が響いた。

「うん、美味《おい》しい！」

全員が同じことを同じ瞬間に言ってしまい、なんだか気恥ずかしそうに笑い合った。

あの日、竹志が食べたいと言ったサンドイッチのおかげで、できた笑みだ。

四人が弁当を広げている芝生の傍では、まだ青々としている若い銀杏の葉が、風に身を預けていた。

芝生から広がる笑い声と重なるように、ふわりふわりと揺れていた。

著：**三石 成** イラスト：くにみつ

異能捜査員 霧生椋

―緑青館の密室殺人―

Sei Mitsuishi presents
[Ino Sousain Ryo Kiryu]

事件を『視る』青年と彼の同居人が解き明かす悲しき真実―

一家殺人事件の唯一の生き残りである霧生椋は、事件以降、「人が死んだ場所に訪れると、その死んだ人間の最期の記憶を幻覚として見てしまう」能力に悩まされながらも、友人の上林広斗との生活を享受していた。しかしある日、二人以外で唯一その能力を知る刑事がとある殺人事件への協力を依頼してくる。数年ぶりの外泊に制御できない能力、慣れない状況で苦悩しながら、椋が『視た』真実とは……

異能捜査員
霧生椋
―緑青館の密室殺人―
三石 成

第5回ホラー・ミステリー小説大賞優秀賞受賞作！
廃屋に潜る美青年×料理上手な同居人
死者の無念を『視る』バディミステリー！

定価：本体660円＋税　ISBN 978-4-434-32630-1

この作品に対する皆様のご意見・ご感想をお待ちしております。

おハガキ・お手紙は以下の宛先にお送りください。

【宛先】

〒150-6008 東京都渋谷区恵比寿 4-20-3 恵比寿ｶﾞｰﾃﾞﾝﾌﾟﾚｲｽﾀﾜｰ 8F
（株）アルファポリス　書籍感想係

メールフォームでのご意見・ご感想は右のＱＲコードから、
あるいは以下のワードで検索をかけてください。

アルファポリス　書籍の感想　検索

ご感想はこちらから

アルファポリス文庫

家政夫《かせいふ》くんと、はてなのレシピ

真鳥カノ（まとり かの）

2023年 12月 25日初版発行

編　集ー飯野ひなた
編集長ー倉持真理
発行者ー梶本雄介
発行所ー株式会社アルファポリス
　〒150-6008 東京都渋谷区恵比寿4-20-3 恵比寿ｶﾞｰﾃﾞﾝﾌﾟﾚｲｽﾀﾜｰ8F
　TEL 03-6277-1601（営業）　03-6277-1602（編集）
　URL https://www.alphapolis.co.jp/
発売元ー株式会社星雲社（共同出版社・流通責任出版社）
　〒112-0005 東京都文京区水道1-3-30
　TEL 03-3868-3275
装丁イラストーかない
装丁デザインー徳重 甫＋ベイブリッジ・スタジオ
印刷ー中央精版印刷株式会社

価格はカバーに表示されてあります。

落丁乱丁の場合はアルファポリスまでご連絡ください。

送料は小社負担でお取り替えします。


ISBN978-4-434-33086-5 C0193